KB078031

스페셜 원

가장 특별한 감독

스페셜 원: 가장 특별한 감독 1

스틸펜 장편소설

초판 1쇄 찍은 날 § 2019년 10월 21일
초판 1쇄 펴낸 날 § 2019년 10월 28일

지은이 § 스틸펜
펴낸이 § 서경석

총괄팀장 § 노종아
편집책임 § 박현성
편집 § 김대용
디자인 § 소소연

펴낸곳 § 도서출판 청어람
등록번호 § 제387-1999-000006호
등록일자 § 1999. 5. 31
어람번호 § 제1-3055호

주소 § 경기도 부천시 부일로 483번길 40 서경B/D 3F (우) 14640
전화 § 032-656-4452 팩스 § 032-656-4453
http://www.chungeoram.com
E-mail § chungeorambook@daum.net

ⓒ 스틸펜, 2019

ISBN 979-11-04-92075-2 04810
ISBN 979-11-04-92074-5 (세트)

스페셜 원

가장 특별한 감독

1

청어람
도서출판

스틸펜 장편소설

FUSION FANTASTIC STORY

스페셜 원

가장 특별한 감독

CONTENTS

0 ROUND
인터뷰

"거만하다고는 생각하지 말아줬으면 좋겠다. 나는 유럽 챔피언이다. 최고의 감독이다. 주변의 어중이떠중이와는 다른 특별한 존재(Special One)다."

2004년 6월, 수많은 기자들 앞에서 당당하게 말한 조제 무리뉴의 인터뷰.

그것은 원지석의 마음을 크게 흔들었다.

1 ROUND
다시

2004년 5월 28일, 여름의 포르투갈.

항구도시 포르투의 바닷바람을 맞으며 멍하니 있던 남자가 몸을 일으켰다. 훌쩍 고향을 떠나 이곳에 온 지도 벌써 몇 년. 향수병 같은 건 떠오르지 않을 정도로 바쁘게 지낸 시간이기도 했다.

부르르.

주머니 속에서 울리는 진동에 그가 휴대폰을 꺼냈다. 발신자의 이름은 조제(José)라 찍혀 있었다.

"네."

—원, 어디야?

원. 영어가 아닌 그의 성씨였다. 외국인이 부르기엔 쉬운 성이었기에 이름보다 많이 불리는 중이었고.

원지석은 하늘 높이 나는 갈매기들을 보며 입을 열었다.

"잠시 바닷바람을 쐬고 있어요. 그리고 우승 축하드려요, 조제."

—고마워.

전화기 너머 기뻐하는 웃음소리가 들렸다. 원지석은 전화기를 붙인 채 해변을 걸었다. 그에게 있어서 조제라는 남자는 인생의 터닝 포인트나 마찬가지였다.

조제가 아니었다면 이곳저곳을 정처 없이 떠돌다 죽었을지도 몰랐다. 농담이 아니라 정말로.

"그런데 우승 소감을 말하려 전화하신 건 아닌 듯하고. 무슨 일이세요?"

—매정한걸.

"효율을 중시하는 사람에게서 온 전화니까요. 그래서 정말 안부차 전화한 거예요?"

—아니. 그건 아니고.

멋쩍은 듯 헛기침을 한 조제가 본론을 꺼냈다.

—나는 잉글랜드로 갈 거야.

"…떠나시는 건가요?"

―그래. 꽤 흥미로운 제안을 받았으니까. 마침 새로운 도전이 필요하다는 걸 느꼈거든.

원지석은 걸음을 멈추었다.

사실 뻔히 알 수 있는 일이었다. 조제는 야망이 매우 큰 남자였고, 포르투갈은 그에게 협소한 곳이었다. 거기다 챔피언스리그를 우승하며 자신의 능력을 입증까지 했으니 시간문제일 뿐이었다.

"축하해요. 어디로 가시는 거죠? 역시 리버풀?"

―아니. 나는 런던으로 간다.

그 말이 의외였는지 원지석은 고개를 갸웃거렸다. 조제와 링크된 여러 클럽이 있었지만 그중에서도 리버풀은 가장 빅클럽이라 할 수 있는 곳이었다. 그도 리버풀에 가고 싶은 마음이 있다고 했을 정도였으니까.

아마도 다른 이유가 있었겠지만 원이 상관할 문제는 아니었다. 어깨를 으쓱인 그가 답했다.

"나중에 런던에 갈 일이 있으면 전화할게요."

―무슨 소릴 하는 거야, 원.

조제가 즐겁다는 듯 말을 이었다.

―자네도 함께 가는 거지.

*　　　　*　　　　*

2013년 5월, 런던.

원지석은 눈을 떴다.

'꿈이었나.'

과거에 있었던 일을 꿈으로 되새기는 건 드문 일인데. 원지석은 흐릿한 시야 속에서 손을 더듬거리며 안경을 찾았다. 두꺼운 안경을 쓰니 그제야 어지럽혀진 방 안이 눈에 잡혔다.

"킁."

코를 한 번 홀쩍인 그가 지저분하게 자란 더벅머리를 긁적였다. 지저분하군. 방도 그렇고 자신의 꼬락서니도 더럽기 짝이 없었다.

'출근해야지.'

하품을 한 원지석이 몸을 일으켰다.

대충 몸을 씻은 뒤 집을 나선 그가 향한 곳은 지하철이었다.

계단을 내려갈수록 코끝을 찌르는 악취에 절로 눈살이 찌푸려졌다. 이놈의 지하철은 청소도 안 하는지 냄새가 점점 심해지는 느낌이었다. 시대가 어느 때인데 와이파이가 없는 것도 불만이었고.

사람에 치이며 내린 곳은 꽤나 먼 곳에 위치한 역이었다.

출구로 나와서 스마트폰을 확인하니 아슬아슬하게 시간에 맞출 수 있었다.

때마침 눈에 익은 차가 원지석을 향해 오고 있었다. 덜컹덜컹거리는 낡은 트럭. 그에게는 소중한 이동 수단이었다.

바로 앞에서 멈춘 트럭의 창문이 내려지며 금발의 남성이 소리쳤다.

"여어, 원!"

"안녕하세요."

보조석에 올라탄 원지석이 안전벨트를 매며 답했다. 트럭은 덜덜거리며 다시 도로 위를 달렸다.

매끈하게 포장된 도로임에도 자갈길을 달리는 느낌이었다. 슬쩍 고개를 돌리니 백미러에 걸린 십자가가 눈에 띄었다. 예수상이 그네를 타듯 흔들렸다.

'천벌받는 건 아니겠지.'

그렇게 해서 도착한 곳은 축구장이었다.

주변은 휑한 공터였지만 철망 안에 있는 축구장만은 좋은 잔디가 깔려, 꽤 신경을 썼다는 걸 알 수 있었다.

제임스 풋볼 아카데미.

제임스는 트럭으로 그를 데려다준 사람이자 이곳의 설립자이기도 했다. 비록 프로 클럽에서 관리하는 축구 학원은 아니지만, 저렴한 비용과 나름의 입소문으로 적지 않은 사람들이 찾을 정도였다.

원지석은 그런 아카데미의 코치였다. 쥐꼬리만 한 월급이지만 그게 어딘가. 덕분에 방세를 내면서도 겨우겨우 생활을 유지할 수 있으니.

"야, 거기서 그렇게 움직이면 안 된다니까."

"뭐래, 멍청이가!"

비록 취급은 안 좋을지라도.

자신의 충고에도 손가락 욕을 날리는 꼬마를 보며 원지석이 한숨을 쉬었다. 손등을 뒤집은 브이는 영국에서 자주 쓰이는 욕이었는데, 가끔은 그 유래처럼 프랑스 군인이 되고 싶은 마음이 굴뚝같았다.

"망할 꼬맹이들."

성질을 죽이며 종이 뭉치로 얼굴을 가렸다. 철조망 밖에서 구경하는 학부모들이 봤다간 무슨 말을 들을지 몰랐으니.

보통은 이런 식이었다. 원지석이 무슨 말을 하건 그 말을 귀담아듣는 녀석은 손에 꼽을 정도였다. 가끔은 인종차별을 하는 녀석도 있었는데, 그런 놈은 제임스가 알아서 걸러주니 다행이었다.

"저기, 코치."

그때 조용히 그를 부르는 소리가 들렸다.

고개를 돌리니 그곳엔 외모가 준수한 금발의 소년이 쭈뼛

거리며 공을 들고 있었다.

"앤디? 무슨 일이니."

"제가 연습하는 것 좀 봐주세요."

수줍은 그 말에 원지석이 고개를 끄덕였다.

이 숫기 없는 아이의 이름은 앤드류 요크.

대단한 골잡이였던 앤드류 콜에서 따온 이름이었다. 애칭이 앤디인 것도 마찬가지였고.

앤디는 이 아카데미에서 가장 조용한 녀석이었다. 동시에 원지석의 말을 듣는 몇 안 되는 아이 중 하나였다. 달리 말해 저 녀석들과 섞이지 못한다는 뜻이기도 했다.

딱히 따돌림은 아니었다. 그런 행동은 엄격히 금지되어 있기도 하거니와 앤디의 부모님은 꽤나 유명한 방송인이었으니까. 녀석들의 부모님이 따로 주의를 줬을 가능성도 있다.

"자, 간다."

"네!"

원지석과 앤디는 구석에 가서 따로 연습을 시작했다.

시작은 서로 패스를 주고받는 것부터, 뛰어가는 원지석을 향해 길게 패스를 찔러주는 것까지. 그것들을 다 끝낸 다음에는 콘을 세워두고 움직임을 연습했다.

앤디의 모습을 모두 기록한 그가 고개를 끄덕였다.

"고생했다."

"네!"

"확실히 조금씩 나아지고 있어. 열심히 하고 있구나."

구슬땀을 닦던 앤디가 환하게 웃었다.

솔직히 말해 앤디의 실력은 평범하다 할 수 있었다. 하지만 점점 나아지고 있다는 건 거짓말이 아니다. 조금씩이지만 이 아이는 성장하고 있었다.

원지석이 할 일은 이 아이가 성장할 수 있도록 도와주는 거였다. 그중에서 칭찬은 가장 기본적인 방법이었다. 아이일수록 멘탈이 큰 영향을 끼치니까.

어느덧 퇴근할 때가 되자 학부모들이 차를 가져와 아이들을 기다리고 있었다. 원지석도 제임스의 트럭에 몸을 싣고 역까지 달려갔다.

"수고했네."

"뭘요."

트럭 문을 닫은 그가 서둘러 지하철을 향해 뛰었다. 퇴근 시간의 지하철은 끔찍했다. 퀴퀴한 역 냄새와 사람들의 체취가 섞이니 그야말로 숨을 쉬지 못할 정도였다.

"으엑."

헛구역질과 함께 역을 나오니 그제야 숨이 트였다. 런던의 공기는 좋은 편이 아니지만 방금까지 있었던 지옥보다는 훨씬 나은 편이었다.

집까지 걷는 길, 코를 자극하는 냄새에 고개를 돌리니 음식을 파는 노점이 보였다. 출출한 배를 만지던 원지석은 무언가에 홀리듯 그쪽으로 향했다.

"빌, 오랜만이에요."

"오랜만이군. 퇴근했나?"

"그렇죠. 저기 미트파이랑 감자튀김 좀 포장해 주세요."

미트파이는 바로 포장이 됐지만 감자튀김은 한 번 더 튀기는 데 약간의 시간이 필요했다. 튀겨지는 소리에 귀를 기울일 때, 빌이 입을 열었다.

"요즘 일은 할 만한가?"

"뭐, 그렇죠."

"그나마 다행이군. 자네가 처음 여기에 왔을 땐 금방 자살할 줄 알았어."

낄낄 웃던 빌이 튀김 망을 들어 기름을 탁탁 털어냈다.

지금이야 웃으며 할 수 있는 이야기지만, 당시엔 꽤나 심각한 주제이기도 했다. 반쪽이 된 얼굴로 밖을 나올 땐 워킹 데드를 본 기분이었으니까.

"여기 있네."

"많이 파세요."

계산을 한 원지석이 누런 종이봉투를 받을 때였다. 빌이 무언가 기억났다는 듯 가려던 그를 멈춰 세웠다.

"그런데 아까 자네를 찾던 사람이 있더군."

"저를요?"

"포르투갈 억양이 느껴지는 사람이었어. 모자랑 선글라스로 얼굴을 가린 게 영 수상해 보여서 나는 모른다고 했지만, 뭐 아는 거 있나?"

"글쎄요. 예전에 포르투갈에서 살긴 살았었는데."

고개를 갸웃거린 원지석이 다시 자신의 집을 향해 걸었다.

그 끝에 다다르자 허름한 빌라가 보였다. 물가가 살인적인 런던에서 그나마 저렴하다 할 수 있는 가격에 구한 집이었다.

도어 록의 비밀번호를 입력하고 문을 연 순간, 그의 몸이 흠칫하며 멈췄다. 안에서 무슨 소리가 들렸기 때문이다. TV 소리인가? 출근할 때 분명 끈 것을 확인했을 터였다.

'경찰을 불러야 하나?'

그가 이런 고민을 할 때, 안쪽에 있던 불청객이 말했다.

"안 들어오나?"

"이 목소리는……!"

익숙한 목소리에 원지석의 눈이 크게 떠졌다. 서둘러 안에 들어가니 의자에 몸을 늘어뜨린 채 TV를 보는 남자가 있었다. 이제는 백발이 더 많았지만 어떻게 몰라볼 수 있을까. 절대 잊을 수 없는 사람이었다.

"조제?"

"오랜만이야, 원."

세계 최고의 감독 중 하나.

조제 무리뉴(José Mourinho).

그가 자신의 집에 온 것이다.

＊　　　　＊　　　　＊

격한 포옹으로 인사를 한 두 남자는 자리에 앉았다. 종이나 책으로 어지럽던 책상을 급하게 치우고선, 아까 노점에서 사온 미트파이와 감자튀김을 꺼냈다.

"맛있군."

무리뉴가 미트파이를 한 입 베어 물더니 한 말이었다. 물론 예의상 한 거겠지만 원지석은 미소를 지으며 고개를 끄덕였다.

"도어 록 비밀번호는 어떻게 알았어요?"

"뭘. 포르투에서 살 때랑 똑같더군."

맞는 말이었기에 원지석이 머리를 긁적였다.

피식 웃은 무리뉴가 다시 말했다.

"내가 이탈리아로 떠날 때가 마지막이었으니 6년 만인가?"

"거의 그 정도 되었죠."

그가 인테르 밀란, 즉 인테르행을 확정 지을 때 원지석은 첼시에서 코치로 일하던 중이었다. 함께 이탈리아로 가자는 말은 무척이나 기뻤지만 결국 그 제의를 거절하고 잉글랜드에 남았던 일이 있었다.

"자네 많이 변했군. 안경은 그렇다 치고 머리는 왜 그런가?"

"이런저런 일이 있어서요."

원지석이 멋쩍게 웃었다.

그렇다. 많은 일이 있었다.

이탈리아로 간 무리뉴는 트레블을 달성했다. 그냥 삼관왕도 아닌 유러피언 트레블을! 리그와 FA컵, 그리고 챔피언스리그를 석권한 자만이 얻을 수 있는 명예로운 말이었다.

그다음에는 세계 최고의 클럽 중 하나인 레알 마드리드로 떠났다. 아직도 그 클럽을 맡고 있었고.

가끔 통화를 나누기도 했지만 실제로 만난 것은 그의 말대로 6년 만일 것이다.

무리뉴는 미트파이를 우적거리며 다른 손으로 탁자 위에 있는 종이 뭉치를 건드렸다.

"챔피언스리그, 프리미어리그, 라리가, 분데스리가. 거기다 유로파 리그까지… 공부는 꾸준히 하나 보군. 다행이야."

그의 말처럼 TV에선 녹화해 둔 경기 영상이 나오고 있었다. 무리뉴가 감독으로 있는 레알의 경기였는데, 골을 넣은 호날두가 골 셀레브레이션을 하는 중이었다.

"마드리드에 있지 않아도 돼요?"

그 말대로 눈앞의 사람은 지금 스페인에 있어야 할 사람이었다. 하지만 무리뉴는 씁쓸한 얼굴로 어깨를 으쓱였다.

"글쎄. 거긴 나를 필요로 하지 않는 거 같더군. 후후, 볼일만 보고선 금방 돌아갈 거야."

"볼일이요?"

"자네에 관한 일이네."

그 말에 원지석의 눈이 크게 떠졌다.

무리뉴는 그 특유의 단호한 얼굴로 말을 이었다.

"나는 곧 런던에 갈 거야."

그 말이 꼭, 2004년의 통화를 떠올리게 했다.

원지석은 떨리는 심장을 겨우 진정시키며 물었다.

"첼시로 돌아가는 건가요?"

"그래. 그리고 내가 이곳에 온 이유도 그와 연관되어 있지. 난 스페인에서 아주 심한 스트레스를 받았네. 팀 안에 또 다른 팀이 있었지."

쓴웃음을 짓던 그가 리모컨을 들어 TV를 껐다.

"난 다시는 그런 일을 겪고 싶지 않아. 이해하겠나? 난 내 사람이 필요해, 원. 하지만……."

무언가 마음에 들지 않는 듯 무리뉴가 눈살을 찌푸렸다. 날카로운 눈이 원지석을 직시했다.

"지금 이 모습은 뭔가? 그때랑은 전혀 다른 사람이 되었군. 솔직히 말해 방금 했던 말을 취소할까 고민이 될 정도야. 대체 무슨 일이 있었나?"

그가 기억하는 원지석은 항상 의욕이 넘치는 청년이었다. 가끔은 그 성격 때문에 다른 이들과의 충돌도 있었지만, 무리뉴는 그 승부욕을 좋아했다.

하지만 지금 원지석에게선 그때의 모습은 전혀 찾아볼 수 없었다.

"많은 일이 있었으니까요."

원지석은 쓸쓸한 얼굴로 답했다.

그렇다. 그때랑은 너무나 많은 게 변했다.

야심 넘치던 새내기 감독은 이제 세계에서 가장 유명한 감독이 되었고, 혈기 넘치던 청년은 세상에 찌들어 있었다.

무리뉴는 한숨을 쉬었다. 그에게 무슨 일이 있었는지는 대략적으로 들었다. 건강 악화가 큰 이유를 차지한 건 맞지만, 그 속을 들여다보면 조금 더 복잡했다.

여러 가지 이유가 있었다. 그중에서도 가장 큰 스트레스를 준 건, 고향에 있는 가족들과의 문제겠지. 그걸 가족이라 할 수 있다면 말이다.

너무나 끔찍했던 시간일 터다. 하지만 이제는 그 시간에서 벗어나야 했다.

"나는 명석하고, 파이팅 넘치던 원이 필요한 거야. 말해보게. 나와 함께할 생각은 있나?"

"물론이죠, 조제. 하지만 난 자신이 없어요."

원지석은 축구계에 큰 염증을 느꼈다. 그래서 도망치듯 이곳에 온 거기도 하고. 그럼에도 아카데미 코치를 하고 있다는 건 어쩔 수 없는 축구 중독자였지만, 다시 프로의 세계에 가는 건 선뜻 용기가 나지 않았다.

"우리 첫 만남을 기억하나?"

무리뉴의 말에 원지석이 고개를 끄덕였다.

아무것도 없이 무작정 한국을 떠난 청년이 포르투갈에 있을 때였다. 동네 아이들이 축구하는 것을 보며 부린 오지랖, 그것을 우연히 본 무리뉴와의 인연은 지금까지 이어지고 있다.

"하나 물어보지. 지금이 그때보다 더 힘든 상황인가?"

"그건… 아니죠."

"가진 게 아무것도 없었을 때에도 자넨 자신감이 넘쳤지. 지금은 훨씬 나은 상황인데 안 될 게 뭐가 있겠나? 자신감은 가속력과 같아. 한 번만 밀어준다면 그다음부턴 알아서 붙을 걸세."

무언가를 미는 시늉을 하던 무리뉴가 씨익, 미소를 지었다.

"연습 겸 과제를 주지."

"과제요?"

무리뉴가 고개를 끄덕였다.

"내가 아는 사람 중 유소년 팀을 맡고 있는 사람이 있어. 이제 곧 런던시에서 주관하는 대회에 나간다고 하는데… 문제는 지금 병으로 쓰러져서 감독이 비는 상황이야."

이쯤이면 그가 무슨 말을 하는지 충분히 눈치챌 수 있었다. 자신의 머리를 긁적거리던 원지석이 조심스레 물었다.

"설마?"

"자네가 해보게."

*   *   *

다음 날.

원지석은 오랜만에 꺼낸 정장이 영 어색했던지 괜스레 스마트폰 화면을 확인했다. 지도 앱에 표시된 위치는 여기서 멀지 않았다.

'여긴가.'

발걸음은 철조망 앞에서 멈췄다. 크다고는 할 수 없었지만, 프로 구단도 아닌 팀이 운영하기엔 괜찮은 규모였다. 런던의 땅값을 생각하면 더더욱.

런던시티즌.

이 아마추어 팀의 이름이었다.

"누구십니까?"

그때 휘슬을 불던 남자가 원지석을 보고선 다가왔다. 헛기침을 한 번 한 그가 웃으며 답했다.

"유소년 감독 대리로 온 원이라고 합니다."

"아, 당신이. 이쪽으로 오십시오."

코치를 따라간 곳은 손님을 맞이할 때 쓰는 접대실이었다. 종이컵에 따라진 홍차를 물끄러미 보기를 얼마나 지났을까, 배가 두터운 노인이 헛기침을 하며 들어왔다.

"반갑소. 휴 그라함이오. 녀석에게 말은 들었소."

녀석은 무리뉴가 아니라 원래 일을 하던 코치를 뜻했다. 아무래도 너무 유명인이다 보니 따로 배려를 해준 모양이었다. 혹은 더 냉정히 자신을 평가하겠다는 뜻일지도 몰랐고.

"반갑습니다. 원지석입니다. 원이라고 부르시면 됩니다."

"한국인이오?"

원지석은 고개를 끄덕이며 긍정했다.

"말은 듣긴 했지만 그렇다고 대충 넘어갈 수는 없는 일이라. 서류는 준비해 오셨소?"

"여기 있습니다."

그라함은 건네받은 종이봉투를 열고선 안에 있던 서류를 꺼냈다. UEFA 라이센스, 즉 지도자 자격증을 복사한 사본 서류들이었다.

그것들을 꼼꼼히 확인하던 주름진 눈이 크게 떠지기까지는 오래 걸리지 않았다.

A 라이센스.

따기 어렵기로 유명한 UEFA 라이센스 중에서도 최고 등급인 P 라이센스 바로 밑에 있는 등급이었다. 한 나라의 감독을 할 수 있을 정도의 자격증인 것이다.

'이런 사람이 왜 여기에 있어?'

슬쩍 보니 동양인인 걸 감안해도 그리 나이가 많아 보이진 않았다. 그 말은 상당히 유능하단 소리였는데, 솔직히 말해 프로 구단에 있어도 이상하지 않을 사람이었다.

"잘못된 게 있습니까?"

원지석이 고개를 갸웃거리자 그라함은 어깨를 으쓱이며 서류를 다시 종이봉투에 넣었다.

"이 정도면 충분하다 못해 넘치는군. 짧은 시간이지만 잘해봅시다, 원."

악수를 나눈 뒤 두 사람은 잔디가 깔린 축구장을 향해 걸었다. 그라함은 그중에서 한 무리를 가리켰다.

"저 녀석들이요. 꽤 괜찮은 녀석도 있긴 한데, 그만큼 말을 안 들으니 고생 좀 할 거요."

"하하."

어색하게 웃은 원지석이 그라함의 뒤를 따랐다. 휘슬 소리
에 맞춰 연습을 하던 아이들이 힐끔힐끔 그들을 보았다. 평소
모습을 보기 힘들었던 그라함에다 처음 보는 동양인이 있었
으니 시선을 끌었던 모양이다.

"애들아, 잠깐 쉬자."

휘슬이 길게 울린 후에야 아이들이 바닥에 앉았다. 반원형
으로 앉은 아이들을 앞두고 그라함이 소개의 시간을 가졌다.

"병원에 입원한 짐을 대신해서 잠깐이지만 너희를 맡아줄
분이다. 런던시에서 주최한 대회는 이 사람과 함께할 거야."

아이들 사이에서 소요가 일어났다. 아무래도 갑작스러웠던
모양이다. 혹은 처음 보는 동양인이 미덥지 못해 그러는 거일
수도 있고.

"저 사람은 뭔데요?"

한 녀석이 몸을 삐딱하게 하며 물었다. 예의라고는 없는 행
동이었지만 다른 아이들도 딱히 눈치를 주지 않는 걸 보니, 아
무래도 이 팀의 실세인 모양이었다.

"한국에서 온 원이라고 한다. 잘 부탁해."

"한국 거기 완전 축구 못하는 나라 아냐? 그런 데서 사람이
왔어?"

그 말에 몇몇 녀석들이 낄낄거리며 웃었다. 소위 말하는 패거리일 것이다. 원지석은 딱히 별다른 반응을 보이지 않았다. 이 정도면 양반이지. 전에는 마늘 냄새 나니 꺼지라는 녀석도 있었다.

"킴, 이 녀석! 그게 무슨 말버릇이냐!"

"네, 잘못했어요."

그라함의 꾸짖음에도 킴은 귀를 후비적거리며 대충 대답했다. 전혀 반성의 뜻이 보이지 않자 노인의 벗겨진 머리가 붉게 달아올랐지만 그걸 말린 것은 원지석이었다.

"제가 알아서 하겠습니다."

"후우. 미안허이. 저 녀석들은 원래 짐이 있을 때도 말을 안 들어서 속을 썩였거든."

그럼에도 불구하고 계속 데리고 있다는 말은 그 성질을 감수할 만할 가치가 있다는 뜻이겠지.

고개를 끄덕인 원지석이 다른 곳을 보았다.

이 아이들 말고도 꽤 많은 팀이 공을 차고 있었다.

"같은 나이대의 팀이 더 있습니까?"

킴을 비롯한 이 녀석들은 대회를 준비 중인, 그야말로 1군이라 할 수 있는 팀이었다. 그런 상황에 이런 질문을 한다는 건 팀의 실력을 테스트하려는 뜻도 있겠지만… 꼭 그것만은 아닐 것이다.

마음에 들지 않는 녀석을 걸러낸다.

그 속뜻을 간파한 그라함이 고개를 저으며 답했다.

"같은 나이로는 한 팀이 더 있다만, 실력 차가 크게 나서 그다지 의미는 없을 걸세."

"모르는 거지요. 유소년일 때는 더더욱."

유스(Youth, 유소년 선수) 같은 경우는 정말 무슨 일이 생길지 몰랐다. 코치의 지도 하나에 둔재인 선수가 크게 성장할 수도 있고, 반대로 유망하던 녀석의 성장이 그대로 멈출 수도 있었다.

"바보 아냐?"

"내버려 둬. 어차피 얼마 못 가겠지."

그 말을 비웃은 건 킴과 그 패거리였다.

지금은 병원에 있는 짐만 하더라도 처음엔 그들을 내치려고 했다. 그러나 결국 자존심을 굽히며 자신들을 넣을 수밖에 없었다.

왜?

간단한 이유였다. 다른 녀석들보다 잘했으니까.

아마추어 유스들이 생존하는 방법은 어려우면서도 명확하다. 프로 구단에 입단하는 것. 더 많은 녀석이 입단할수록 런던시티즌의 명성은 올라갈 것이다.

그중에서도 킴은 그럴 확률이 높은 녀석이었다. 그러니 그때까지 참겠다는 생각이었겠지.

"준비해 주시죠."

그라함에겐 애석하게도, 땜빵으로 왔을 뿐인 원지석에겐 아쉬울 거 없는 이야기지만.

결국 A팀, B팀을 나눈 연습경기가 시작되었다.

다르게 말하면 1군과 2군의 시합이기도 했다.

"야, 똑바로 안 해?!"

킴이 팀원들에게 버럭, 소리를 질렀다. 팀의 플레이가 썩 마음에 들지 않는 모양이었다. 그러면서 상대방의 골문 근처를 어슬렁거렸는데 생각보다 기회는 쉽게 오지 않았다.

상대 팀도 킴이 에이스인 걸 알고 있으니 두세 사람이 달라붙어 끊임없이 집중 마크를 하고 있었기 때문이다.

그러던 중 결국 골이 터졌다.

문제는 1군인 A팀이 아닌 B팀에서 골을 넣은 것이다.

"지금 장난하냐!!"

킴이 노호성을 질렀다. F로 시작하는 욕도 거침없이 내뱉었다. 수비를 보던 아이들이 어깨를 움츠러뜨리며 그 말을 묵묵히 받아들였다.

"내가 다 한다, 새끼들아!"

결국 상대 진영에서 고군분투한 킴이 두 골을 넣으며 경기를 뒤집었다. 그렇게 경기는 종료. 그걸 다 지켜본 원지석이 고개를 끄덕였다.

"그라함, 이 녀석들의 예전 경기를 기록한 게 있나요? 훈련이든 뭐든 좋습니다."

"있기야 하지. 내 안내해 주리다."

연습경기를 끝으로 더 이상의 훈련은 없었다. 거기다 내일은 일요일이라 휴식을 취했기에 본격적으로 업무를 맡는 건 월요일부터라 할 수 있었다.

집에 돌아온 원지석이 노트북을 켰다.

그의 손엔 그라함에게 받은 USB가 들려 있었다.

자료는 꽤 많은 편이었다. 경기나 훈련을 녹화한 영상부터, 신체의 변화를 기록한 문서까지 있었다. 꽤나 체계적인 공을 들였다는 게 느껴졌다.

"어디."

역시 눈에 띄는 건 킴이었다.

확실히 또래보다 큰 체격을 이용할 줄 아는 녀석이었다. 만 17세까지만 출전할 수 있는 U—17 대회에선 적수가 없을 피지컬이었다.

"하지만 기술적으로는 턱없이 부족하군."

오늘 연습경기만 해도 그랬다. 경기 내내 공을 가지고 있었지만 집중적인 마크로 빼앗기기 일쑤였다. 그것뿐만 아니라 템포를 자주 끊어 오히려 팀에 있어서 마이너스적인 존재라 할 수 있었다.

결국 본인이 두 골을 넣으며 역전을 했다지만, 몸만 믿고 우격다짐으로 밀어붙이는 플레이는 그 한계가 명확했다.

지금이야 통한다고 쳐도 프로, 아니, 성인 레벨까지만 가면 통하지 않을 것이다. 나이를 먹고 성장하는 건 다른 녀석들도 마찬가지니까.

'혹시 모르지. 괴물적인 피지컬을 가진다면.'

원지석은 한 선수를 떠올렸다.

디디에 드록바.

첼시의 검은 예수라 불리는 사나이.

전성기 시절의 드록바는 압도적인 피지컬을 잘 활용한 것으로 유명했다. 그렇다고 해서 테크닉이 나쁜 선수도 아니었다. 어시스트도 꾸준히 쌓으며 이타적인 모습으로 팀에 도움을 주었고.

만약 킴의 피지컬이 그 수준까지 올라간다면 모를 일이었다. 하지만 어디까지나 만약인 이야기였다.

'다시 짜야 한다.'

그는 대회에 나갈 팀을 갈아엎기로 마음먹었다.

비록 유소년 대회라고 하지만 시합은 시합. 한 명의 컨디션에 의해 좌지우지되는 것은 위험성이 너무 컸다.

당장 오늘만 하더라도 집중 마크에 고전하는 모습을 보였는데, 더 높은 수준의 팀을 만나면 어찌 될지는 뻔했다.

영상은 계속해서 재생되었다. 원지석은 노트북의 모니터에서 눈을 떼지 않았다. 한 사람, 한 사람의 기록을 보던 그가 이윽고 한숨을 쉬며 노트북을 닫았을 땐 많은 시간이 흐른 뒤였다.

시간은 어느새 일요일 밤.

곧 있으면 월요일이 될 터였다.

'자야겠군.'

침대에 누운 그는 곧 기절하듯 잠에 빠졌다.

탁자에는 빽빽하게 적힌 종이들이 흩어져 있었다.

*　　　　*　　　　*

그리고 월요일.

새로 뽑은 대회용 훈련 명단에서 킴의 이름은 찾아볼 수 없었다.

*　　　　*　　　　*

아마추어 팀, 런던시티즌 같은 경우 가장 큰 권한을 가진 것은 성인 팀이었다. 그들의 일정이 있는 경우엔 거의 독점하

다시피 경기장을 썼다.

그러나 대부분이 직장인이었기에 성인 팀이 경기장을 쓰는 시간은 적다고 할 수 있었다.

그렇기에 런던시티즌을 운영하는 그라함은 유소년을 발굴하는 데 더 많은 시간을 기울였다. 연령별로 경기장을 쓸 수 있는 때가 있고, 라커 룸 또한 마찬가지였다.

"무슨 짓거리야, 이 동양인!"

쿵!

벽을 후려친 킴이 소리쳤다.

분노의 눈초리는 원지석을 향하고 있었는데, 그는 어깨를 으쓱이며 답했다.

"뭘?"

"몰라서 물어? 왜 내가 빠진 거야!"

라커 룸에는 종이를 걸 수 있는 게시판이 있다. 오늘의 일정, 소식, 라인업 같은 것을 모든 사람들이 볼 수 있게 말이다.

하지만 그 종이에서 킴의 이름을 찾을 수는 없었다. 라커 룸에서 항상 킴이 독점해 왔던 자리는 다른 녀석의 짐이 들어 있었고.

"그때 놀린 것 가지고 이러는 거지? 어차피 임시 땜빵 주제에 다른 코치들이 알면 뭐라 할 거 같아?"

비릿하게 웃는 녀석을 보며 원지석이 몸을 일으켰다. 아무리 킴의 키가 또래에 비해 크다고 해도, 상대방은 184㎝가 넘는 장신이었다. 거기다 그의 굳어진 얼굴에선 이유 모를 위압감이 풍겼다.

"너에게 중요한 세 가지를 알려주마."

눈을 마주한 원지석이 조곤조곤 말했다.

"첫 번째, 감독의 명령은 절대적이라는 것."

동시에 자신을 삿대질하는 킴의 손가락을 잡았다.

"두 번째, 이미 다른 코치들과는 끝난 이야기라는 것. 그리고 마지막 세 번째."

"아악!"

갑자기 느껴진 통증에 킴이 비명을 질렀다. 잡힌 손가락이 천천히 꺾이고 있었다.

무언가 욕을 하려던 킴은 이내 흠칫 놀라고 말았는데, 더벅머리 사이로 자신을 내려다보는 원지석의 눈이 시릴 듯 차가웠기 때문이다.

"방금 그건 인종차별성 발언이었어, 애송아. 한 번만 더 하면 레드카드다. 그때는 손가락만으로 끝나지 않을 거야."

킴이 욱신거리는 손가락을 잡으며 물러났다. 그런 그를 보며 원지석은 턱짓으로 문밖을 가리켰다. 나가라는 의미. 이를 뿌득 가는 소리가 들렸지만 더 이상의 반항은 없었다.

결국 킴은 도망치듯 라커 룸을 빠져나갔다.

"후우."

골칫덩이가 사라지자 한숨을 쉰 원지석이 고개를 돌렸다. 갑작스러운 상황에 바짝 얼어 있던 꼬마들이 흠칫 놀라는 게 보였다.

그중에는 킴과 붙어 다니던 패거리도 있었다. 원지석은 그 녀석들까진 제외하지 않았다. 고생하며 뛰어다니던 모습이 인상 깊었으니까. 쓸 만한 건 쓰지 않을 이유가 없다.

'의도한 건 아니지만 덕분에 잘 풀리겠군.'

방금 있었던 충돌로 인해 라커 룸을 장악할 수 있었다. 그동안 대장 노릇을 하던 킴을 제압하고 쫓아냈으니 효과적으로 기선 제압을 한 것이다.

"명심해. 모두에게 기회가 있다. 너희에게도, 밖에서 훈련을 하는 아이들에게도, 지금 쫓겨난 저 녀석에게도."

이 중에는 원래라면 대회에 참가하지 못할 아이들이 있었다. 그런 아이들을 코치들의 우려를 무릅쓰고 1군에 콜업 한 건 원지석이지만, 안심하기엔 이른 상황이었다. 까딱하면 도로 내려 버릴 사람이 원지석이기도 했으니까.

"훈련하러 가자."

싱긋 웃는 그 웃음에 아이들은 소름이 돋았다.

*　　　　*　　　　*

새로운 팀을 이끌게 되었다지만 그렇다고 해서 다니던 직장을 그만둔 건 아니었다. 원지석은 제임스에게 사정을 설명하고는 일하는 시간을 뒤로 미룰 수 있었다.

런던시티즌과 제임스 풋볼 아카데미.

차이점을 꼽는다면 그중 하나가 팀에 대한 연령대였다.

나이별로 반을 나누는 런던시티즌과는 달리, 제임스 풋볼 아카데미에선 연령은 상관없는 이야기였다. 수강비만 낸다면 열 살, 스무 살, 심지어 서른 살까지 참가할 수 있는 것이다.

그동안은 오전반을 맡았던 원지석이었지만 지금은 저녁반을 나가는 중이었다.

딱히 상황이 나빠진 건 아니다. 이 시간대는 아무래도 나이가 있는 사람들이 많았기에 좀 더 성숙한 코칭이 가능했기 때문이다.

그런데 오늘은 낯익은 손님이 찾아왔다.

원지석에게는 예상치 못한 반가운 손님이기도 했다.

"저, 코치."

"앤디?"

오전반의 학생인 앤디가 저녁반에 참가한 것이다.

또래보다 작은 체구인 소년이었기에 오히려 그 낯을 가리는 모습이 눈에 띌 정도였다. 고개를 갸웃거린 원지석이 앤디에게 다가가 물었다.

"어떻게 된 거야?"

"코치가 요즘 보이지 않으셔서 제임스 씨에게 물었는데, 저녁반으로 옮기셨다고 해서."

배시시 웃으며 머리를 긁적이자 금발 머리가 찰랑거렸다. 방송인인 부모님이 어릴 때부터 관리를 해서인지, 앤디는 모델로 나가는 게 더 어울릴 법한 녀석이었다.

앤디가 시간대를 옮긴 이유는 어렵지 않게 추측할 수 있었다. 또래들과 잘 어울리지 못하는 데다 실력이 떨어진다는 평가 때문에 코치들의 관심도 잘 받지 못했다. 차라리 오후반으로 가는 게 나은 선택일 것이다.

"좋아, 그동안 설렁거리진 않았나 볼까."

"네!"

환한 미소에 원지석이 웃음으로 답해주었다.

앤디의 몸 상태는 나쁘지 않았다. 혼자 훈련을 하면서도 게을리하지는 않은 모양이었다.

잠깐의 휴식 동안 앤디의 시선이 다른 곳에 있다는 걸 깨달은 원지석이 고개를 돌렸다. 때마침 연습경기를 뛰고 있는 사람들이 보였다.

'매일 혼자 공만 차는 것도 그렇겠지.'

혼자 뛰는 것과 여럿이서 함께 뛰는 느낌은 전혀 다르다.

어쩌면 좋은 경험이 될 수 있었기에 원지석이 시선을 돌려 앤디를 보았다.

"저기 가서 연습해 볼래?"

"그래도 돼요?"

어쩐지 자신이 없는 모습이었다. 자기 실력이 그 정도가 되지 않는다고 생각해서겠지.

"물론이지. 어차피 못해도 뭐라 할 사람은 없을 거니 긴장 풀어도 돼."

"그러면 한번 해볼게요."

곧바로 그들에게 다가간 원지석이 한 사람을 더 넣어도 되겠냐 물으니 흔쾌한 수락이 돌아왔다.

"좋아요! 근데 저 애예요?"

"앤디라고 해. 너희들보다는 두 살이나 세 살쯤 어리고."

두 살이지만 성장기 소년들에게 그 정도면 큰 차이였다. 체격이 큰 아이와 비교하면 훨씬 차이가 심할 정도로.

"괜찮겠어요?"

"괜찮아. 너무 격하게는 하지 말고."

그렇게 연습경기가 재개되었다.

빨간 조끼와 파란 조끼를 입어 팀을 나누었고, 앤디는 파란 조끼를 입었다. 그리고 예상했다시피 어버버거리며 적응하지 못하는 모습을 보이는 중이었다.

'아직은 무리인가.'

상관없는 이야기였다. 차차 적응하면 되었으니까.

그러다 한 번, 앤디가 공을 소유했다.

갑자기 이럴 줄은 몰랐는지 앤디의 눈이 우왕좌왕 흔들렸다. 어떻게 해야 하지? 상체와 하체가 따로 노는 것처럼 삐걱거리기 시작했다.

그때 그런 앤디를 부르는 목소리가 들렸다.

"이쪽으로 줘!"

"어, 어?!"

상대 쪽 골문을 향해 손을 들고 쇄도하는 이가 있었다. 잠시 눈을 크게 뜬 앤디가 이윽고 눈을 질끈 감으며 공을 뻥 찼다.

"오오!"

감탄하는 소리에 앤디의 눈이 살짝 떠졌다.

놀랍게도 공은 정확히 그의 발 앞까지 배달된 것이다.

철썩!

차진 소리와 함께 골 망이 흔들렸다.

"와오!"

"어디 있어. 너, 꼬마! 잘했어!"

골을 넣은 녀석이 환하게 웃으며 앤디를 찾았다. 정작 당사자는 얼떨떨해하며 자신에게 달려오는 사람들 때문에 몸을 움츠렸지만.

"흐음."

옆에서 지켜보던 원지석도 굵은 안경을 고쳐 쓰며 눈을 번뜩였다. 우연인가. 그럴 확률이 높겠지만 이대로 지나치기엔 석연찮지 않은가.

"저기, 너희들."

"네?"

원지석은 파란 조끼를 입은 녀석들 몇 명을 불러 따로 지시를 내렸다. 내용은 간단했다. 공을 앤디에게 몰아넣으라는 것, 그리고 다른 녀석들이 압박하지 못하도록 도와주라는 것.

"혹시 모르니."

스마트폰이 앤디의 플레이를 녹화하기 시작했다.

화면을 보던 원지석의 눈이 멍하니 앤디를 쫓기까지는 얼마 걸리지 않았다.

누가 알았을까.

눈을 감고 찰 때 끝내주는 패스를 뿌리는 미드필더라니.

*　　　　*　　　　*

시간이 흘러 런던시에서 주관하는 유소년 대회가 시작되었다.

총 8팀이 참가하며, 토너먼트 방식으로 진행된다. 결승까지 진출한다면 일주일 동안 총 세 번의 경기를 치르는 일정이 짜였다.

그리고 런던시티즌의 경우 사정을 아는 이들에겐 놀랄 만한 일이 있었다.

에이스라 할 수 있었던 킴이 끝내 참가 명단에 들지 못한 것이다.

"괜찮겠어요?"

다른 코치가 걱정스러운 얼굴로 물었다.

단순한 아마추어 대회인데도 그들이 우려하는 이유는 하나. 프로 구단에서 파견된 스카우트들 때문이었다.

우승도 중요하지만 중요한 것은 프로 구단의 눈에 띄는 것이었다. 그런 면에서, 결승으로 갈수록 더 많은 모습을 보여줄 수 있기에 킴이란 녀석은 확실하게 쓸 수 있는 카드이기도 했다.

"괜찮습니다."

하지만 원지석은 별다른 걱정이 없는 듯했다. 심지어 전력 외로 분류되던 녀석들을 몇 명 더 끌어올릴 정도였다.

"중요한 건 하나의 선수가 아니라, 하나의 팀이니까요."

그것이 원지석의 생각이었다.

물론 메시나 호날두 같은, 이른바 신계로 분류되는 선수들이라면 달라졌을지 모르지만.

경기가 시작되었다. 상대편은 평소 약체로 분류되던 팀이었지만 원지석이 이끄는 런던시티즌은 고전을 면치 못했다.

전술이 녹아들기까지 시간이 부족하기도 했지만 냉정히 말해 선수들의 실력이 부족해 보이는 것도 사실이었다.

"역시 킴을 부르는 게."

코치들이 걱정 섞인 대화를 나눌 때였다.

런던시티즌에서 골을 넣었다. 그것도 원지석이 고집을 부려 새로 넣은, 재능이 떨어진다는 소릴 듣던 녀석이.

"와아!"

자기가 골을 넣은 게 믿기지 않은 듯 얼떨떨하던 녀석은 이내 방방 뛰며 동료들과 함께 기쁨을 만끽했다.

한 골.

겨우 한 골이지만 자신감이 생기기엔 충분한 골이었다. 그제야 물꼬를 튼 런던시티즌의 경기력은 한층 더 매끄러워져 쉽게 경기를 풀어나갈 수 있었다.

삐익!

주심의 휘슬 소리와 함께 경기가 끝났다.

이후에도 골이 터지진 않았지만 승리를 마무리 지은 런던시티즌의 선수들은 웃으며 경기장을 떠나게 되었다.

"저 아이들이 저렇게까지 할 수 있었다니, 대단하군요."

"뭘요."

코치들의 칭찬에 원지석은 어깨를 으쓱였다.

이제 시작일 뿐이다. 이 정도로는 만족할 수 없었다.

그리고 며칠이 지나 다가온 2차전.

런던시티즌은 이번에도 승리를 거두었다. 그것도 한층 더 높은 팀으로 평가받는 상대에게서. 경기 전부터 반쯤 포기했던 코치들은 더 이상 원지석에게 의문을 표하지 않았다. 그의 코칭이 효과가 있다는 게 입증되었으니까.

코치들도 코치지만 가장 놀란 것은 경기를 뛰던 선수들이었다.

"우리도 해낼 수 있어."

더 이상 부족했던 자신감은 문제가 되지 않았다. 그들이 뛰어, 그들의 힘으로 만든 승리였다.

"한 번만 더 이기면 우승이야!"

뜨거운 승부욕이 전염병처럼 퍼졌다.

다음 상대가 어떤 팀이든 이제 녀석들은 더 이상 두려워하지 않을 것이다.

한편 런던시티즌의 승리를 쓸쓸하게 지켜보는 사람이 있었다. 킴이었다. 응원보다는 패배할 팀을 조롱할 생각이었던 것 같지만, 자신이 없어도 수월하게 승리를 거둔 녀석들을 보며 쓸쓸하게 등을 돌렸다.

마지막 3차전이자 결승.

상대는 런던 아마추어 팀 중 가장 강하다는 팀이었다. 런던
뿐만 아니라 잉글랜드 유스 대회에선 항상 좋은 성적을 거두
는 것으로 유명했으니까.

"이길 수 있다."

원지석은 당연하다는 듯 말했다. 그런 그를 보며 꼬마들은
더 이상 의구심을 품지 않았다. 이 사람의 말을 따르면 된다.
그들의 사이엔 그런 신뢰가 생겼다.

—오늘의 뉴스입니다. 레알 마드리드의 감독인 조제 무리
뉴가 감독직에서 물러난다는 소식입니다. 새로운 행선지로
여러 곳이 나오는 가운데…….

TV에서는 레알 마드리드와 무리뉴의 계약이 해지되었다는
뉴스가 나오고 있었다. 원지석이야 이미 알고 있었지만 다른
코치들도 고개를 끄덕였다. 그만큼 레알에서 보낸 마지막 시
즌은 순탄치 않았던 것이다.

선수단과의 불화가 대표적이었다.

그 불화가 두드러진 게 검은 양 사건이었다.

라커 룸의 분위기를 망치는 세 마리의 검은 양. 그 선수들
로 지목된 이들은 많은 루머가 있었지만, 한 선수만은 기정사

실이나 다름없었다.

레알의 심장이라 불리는 카시야스 말이다.

그의 여자 친구가 챔피언스리그 준결승전을 앞두고 뉴스에서 불화설을 떠벌린 것은 유명한 일화였다.

'내 사람이라.'

원지석은 무리뉴가 했던 말을 떠올렸다. 그 말은 검은 양 사건을 통해 생긴 말일 것이다. 확실히 그 말이 맞았다. 그는 무리뉴가 무슨 말을 하든 따를 준비가 되어 있었으니까.

'그러기 위해선 우승이 먼저다.'

마침내 결승전이 열리는 날이 되었다. 과제 겸 시험으로 내어진 대회도 오늘이 마지막인 것이다.

확실히 결승이라 그런지 많은 사람이 보였다. 주목할 점은 카메라를 들고 있는 자들의 모습이 많아졌다는 것. 1차전에는 뜸했던 스카우터들의 모습이 지금은 확실히 많이 보였다.

"어이, 저기!"

그런 상황에 사람들의 소요를 일으킬 만한 존재가 찾아왔다. 선글라스를 끼고 있다지만 그것만으로 정체를 숨기기엔 너무나 유명한 존재가.

"무리뉴다. 스페셜 원이야!"

"첼시로 돌아오는 건가?"

런던에서 그의 존재는 독보적이라 할 수 있었다. 사람들 중에는 첼시 팬도 있었는지 비명 같은 소리도 들렸다. 무리뉴는 선글라스를 슬쩍 내리며 그들에게 손을 흔들었다.

그것 때문인지 런던시티즌의 사기도 한껏 고무되었다.

유명한 감독 앞에서 실력을 뽐내고 싶다. 그것만으로 이 녀석들은 평소보다 열심히 뛸 것이다.

그때 무리뉴와 원지석의 눈이 마주쳤다. 그가 한쪽 눈을 찡긋거리고는 다시 선글라스를 올렸다.

"우리도 준비하자."

원지석이 분위기를 전환시켰다. 그의 일은 이 녀석들을 감독하는 것. 저 자리에 무리뉴가 아닌 다른 누군가가 있어도 그건 변하지 않았다.

휘슬 소리와 함께 경기가 시작되었다.

*   *   *

결승전, 그것도 가장 강하다고 평가받는 팀을 상대로도 런던시티즌은 대등한 경기를 펼쳤다.

약체에 가까운 평가를 받던 팀으로서는 대단한 일이었다. 더욱 놀라운 것은 지금 활약하는 저 녀석들이 한때는 주전이 아니었다는 거였다.

전력 외로 낙오되었던 녀석들이 그라운드를 종횡무진 누비는 모습에 코치들은 눈을 뗄 수 없었다.

믿을 수 없는 마법이었다. 분명 자신들이 재능 없다고 생각한 그 아이들이 맞았다. 하지만 원이라는 남자는 무슨 짓을 했기에 이런 변화가 가능했는가.

그리고 터진 골.

귀중한 선제골은 런던시티즌의 몫이었다.

"와아아!"

좋은 모습을 보여주는 선수들을 향해 관중들이 소리를 질렀다. 대부분은 학부모들이겠지만, 그밖에 구경을 하러 온 사람들도 런던시티즌의 플레이에 박수를 보냈다.

삐익!

마침내 경기가 끝났다.

스코어는 3 : 0.

런던시티즌의 우승이었다.

"우승 축하하네."

관중석에서 내려온 무리뉴의 말에 원지석이 손을 휘저으며 답했다.

"그만둬요, 조제."

우승을 밥 먹듯이 한 사람에게 들어봤자 머쓱할 뿐이었다. 그런 원지석을 보며 무리뉴는 흐뭇하게 웃었다. 자신이 요구한 것 이상을 해준 선수에게나 보여주던 얼굴이었다.

"킴이라는 꼬마 없이 승리했군."

"다 알고 그런 겁니까?"

원지석이 더벅머리를 긁적였다.

무리뉴는 그런 그의 등을 팡 하고 쳤다.

"만약 그 꼬마를 계속 썼다면 나는 자네와 연락을 끊었을 거야."

익살스러운 말과는 다르게 내용은 퍽 살벌했다.

원지석은 흘러내리는 안경을 고쳐 쓴 뒤 고개를 돌렸다. 경기가 끝났기에 자리에서 일어나는 사람들이 보였다. 그중에서 그가 찾는 사람은 보이지 않았다.

'할 말이 있었는데.'

없는 이상 따로 연락처를 알아보는 수밖에.

그때 자신에게 달려오는 꼬마들이 보였다. 녀석들은 옆에 있는 무리뉴를 보며 머뭇거리면서도 원지석에게 다가왔다.

"원. 고마웠어요."

"당신이 아니라면 우승하지 못했을 거예요."

"우리의 스페셜 원은 당신이에요!"

"특별한 원!"

그러고는 도망치듯 떠나는 꼬마들을 보며 피식 웃은 원지석이 손을 흔들었다. 저 녀석들을 보는 것도 오늘이 마지막이었다.

"나보다 자네가 낫군."

"또 그러신다."

무리뉴의 장난에 원지석은 쩔쩔매며 몸 둘 바를 몰랐다. 영국 여왕이 와도 무덤덤할 이 남자가 이러는 경우는 그리 많지 않았다.

"앞으로 바빠지겠군."

"그렇죠."

원지석은 무엇보다 현재 하고 있는 일들을 끝맺어야 했다. 제임스에게는 미리 말을 해두었으니 복잡하진 않겠지만.

"오늘은 술 한잔하지."

"좋지요."

고개를 끄덕인 원지석이 무리뉴의 뒤를 따랐다.

이제 다시 한번 가는 것이다.

첼시로.

스탬포드 브릿지(Stamford Bridge)로.

＊　　　　　＊　　　　　＊

"아쉽군, 아쉬워!"

제임스의 말에 원지석이 어색하게 웃었다.

미리 상의를 해두었지만, 막상 마지막 날이 되자 묘한 기분이 된 것은 원지석 또한 마찬가지였다.

"고마워요. 정말."

원지석은 악수하던 손을 꼭 잡으며 말했다.

자신이 축구에 염증을 느끼며 방황할 때, 제임스를 만나 이곳에서 일한 건 행운이라 할 수 있었다. 만약 그가 아니었다면 축구계를 영영 떠났을 테니까.

"생각 같아선 못 가게 잡고 싶지만, 첼시로 간다는 사람을 어떻게 잡을 수 있겠어! 아스날이었으면 몰라도."

제임스는 할아버지 때부터 첼시를 응원한 진성 블루스(첼시 팬을 부르는 애칭)였다. 그래서인지 일을 그만둔다는 말을 할 때엔 섭섭함보다 자신의 일처럼 기뻐해 주었다.

"앞으로도 자주 올게요."

"약속이야!"

작별 인사를 나누었지만 원지석은 바로 떠나지 않았다. 그는 잠시 훈련장을 기웃거렸는데, 마침 찾던 얼굴이 보였기에 바로 그 소년을 향해 다가갔다.

"앤디."

"코치."

앤디의 얼굴은 썩 밝아 보이지 않았다.

"떠나신다면서요."

"그래. 그거에 관한 이야기인데, 잠깐 시간 괜찮니?"

"네?"

앤디가 어리둥절한 얼굴로 고개를 갸웃거렸다.

갑자기 이런 말을 하면 좀 그럴 텐데. 원지석은 더벅머리를 긁적거리더니 어색한 미소로 답했다.

"프로축구에 대해 어떻게 생각해?"

                    *   *   *

"하아."

킴은 침대에 누워 멍하니 천장을 보고 있었다.

벽에 걸린 브로마이드가 눈에 띄었다. 디디에 드록바. 그의 우상이었다. 항상 그와 같은 골잡이가 되고 싶었다.

그러기 위해선 꼭 이번 대회에서 자신의 이름을 알려야 했지만, 갑자기 나타난 새로운 감독 때문에 모든 것이 물거품이 되었다.

한국에서 온 원지석이란 녀석.

처음엔 자신을 뺀 그 남자를 욕했다. 그리고 얼마 가지 못해 자신을 다시 부를 거라 확신했다. 지금껏 그래왔으니까.

하지만 킴이 없던 팀의 모습은 뛰어났다.

킴이 있을 때보다 더욱더.

특히 직접 경기장에 가서 본 준결승전은 충격적이었다. 자신이 알던 것과는 전혀 다른 플레이를 하는 녀석들을 보며 쓸쓸히 집으로 왔을 땐 눈물이 날 정도였다.

"얘, 킴! 나와보거라!"

그때 자신을 부르는 엄마의 외침에 킴이 몸을 일으켰다. 어차피 심부름이나 하라는 소리겠지.

"왜요!"

"손님!"

"손님?"

예상 밖의 대답에 킴이 눈살을 찌푸렸다. 자신에게 그럴 사람이 있었던가.

고개를 갸웃거리며 나오자 그의 눈이 크게 떠지고 말았다.

방금까지 씹고 있었던 원지석이 뻔뻔한 얼굴로 커피를 마시고 있었으니까.

"어떻게 여길?"

킴이 조심스레 물었다. 첫날과는 전혀 다른 모습. 그럴 만큼 소년이 그에게서 받은 충격은 대단했다.

"그라함에게 물었지. 전화를 안 받더군."

원지석이 결승전에서 찾은 사람은 다름 아닌 킴이었다. 그라함은 무언가를 눈치챈 듯 잘 부탁한다는 말과 함께 연락처를 알려주었다.

"못 들었는데… 어차피 이제 우리가 볼 일은 없지 않나요?"

"얘, 킴!"

불퉁한 말에 어머니가 핀잔을 주었다.

"물론 내가 안부 인사 하려고 온 건 아니지."

원지석은 쿨하게 고개를 끄덕였다.

여기서 꼬마랑 말싸움을 할 시간은 없었다.

"나는 첼시로 갈 거야."

"첼시? 그 첼시?!"

킴이 눈을 동그랗게 뜨며 소리쳤다. 이번에도 원지석은 시원하게 고개를 끄덕였다.

"내가 그걸 자랑하려고 온 거 같진 않지?"

이렇게까지 말하니 킴의 가슴이 설렘으로 두근거리기 시작했다. 정말인가? 내가 첼시로 갈 수 있다고?

자기를 놀리려 하는 말일 수도 있지만, 그만큼 눈앞에 던져진 미끼는 너무나 먹음직스러웠다. 그렇다고 해서 덥석 물어서는 안 된다. 그 안에 얼마나 날카로운 바늘이 숨겨져 있을지 몰랐으니까.

킴은 기쁘면서도 얼떨떨한 얼굴로 물었다.

"나를? 왜?"

"우선 확실히 해둘 게 있는데. 나는 너를 공격수로 키우지 않을 거다."

"……!"

이건 또 무슨 소리인가. 킴은 이 상황이 이해되질 않았다. 자신이 훈련장에서 다른 포지션에서 뛴 적이 있던가? 아주 어릴 적부터 킴은 쭉 스트라이커였다. 그런데 이 남자는 무엇을 보고 이런 말을 하는 걸까.

"뛰어난 피지컬, 괜찮은 감각, 왕성한 활동량. 중원에서 뛰기엔 나쁘지 않은 조건이지. 실제로 유소년일 때 공격수에서 미드필더나 수비수로 포지션을 바꾼 일도 많아. 그 반대도 마찬가지고."

원지석의 말은 아직 끝나지 않았다.

사실 이게 핵심이기도 했다.

"그리고 네가 내 말을 듣지 않는다면, 바로 집에 돌려보낼 거다."

"뭐야, 그게. 지금 나한테 장난치는 거야?"

"하지만 장담하지."

두꺼운 안경알 속으로 날카로운 눈이 보였다.

라커 룸에서 쫓겨나던 그날, 자신만이 보았던 그 눈이었다.

사람을 이미 몇 명은 잡아먹은 거 같은 짐승의 눈이.

'무슨 사람 눈이.'

긴장한 킴을 앞두고 원지석은 자신의 말을 끝마쳤다.

"내 말을 따르고 훈련한다면, 지금보다 훨씬 나은 선수가 될 수 있을 거다."

그 말이 킴의 가슴을 흔들었다.

그는 자신보다 한 수 아래로 평가받던 아이들의 변신을 직접 목격했다. 어쩌면 자신도. 거기다 이 남자의 분위기는 묘한 믿음을 주었다.

"생각해 보고 전화하라고."

"하겠어."

일어나려던 원지석은 곧바로 들린 대답에 몸을 멈칫했다. 고개를 돌리니 결심한 듯 굳은 얼굴의 킴이 보였다.

"…내가 한 말은 기억하고 있겠지?"

"물론. 그걸로 내가 더 나아질 수만 있다면."

"흐음."

피식 웃은 원지석이 킴에게 손을 내밀었다.

"잘해보자고, 킴 드와이트."

"잘 가르쳐야 할 거야, 원."

손을 마주잡으며 킴이 씨익 웃었다. 자신에게 겁을 먹었을 텐데도 당돌한 녀석이었다. 원지석이 높게 평가하는 부분이기도 했다.

'그나저나 앤디와 드와이트라니.'

맨유의 전설적인 투톱이 떠오르는 조합이었다.

하지만 원지석은 두 콤비를 그 이상으로 만들 생각이었다.

*　　　*　　　*

그 뒤로 킴은 원지석에게 매일 개인 훈련을 받았다. 익숙하지 않은 포지션이다 보니 고된 훈련이 이어졌다. 체력이 강한 킴도 기진맥진하며 퍼지기 일쑤였지만 효과는 확실했다.

헐렁했던 옷이 점점 줄어들며 몸에 맞아 들어가듯, 킴은 자신의 새로운 포지션에 적응하고 있었다.

"또 위치 틀렸다! 다시!"

"아오 진짜!"

원지석의 불호령에 킴이 헐레벌떡 몸을 움직였다.

그렇게 개인 훈련을 하며 시간이 흐를 때, 축구계가 들썩일 만한 소식이 발표되었다.

「[오피셜] 스페셜 원 조제 무리뉴, 첼시 복귀」

나는 더 이상 특별한 존재(Special One)가 아니라 여러분들 중 하나일 뿐이다. 행복하다. 나는 스페셜 원이 아닌 해피 원이다.

화면 속에 미소 짓는 무리뉴의 모습이 잡혔다.

마침내 무리뉴의 첼시 복귀가 발표된 것이다.

그 말은 곧 원지석의 돌아갈 날이 잡혔다는 것과 같았다.

＊　　　　＊　　　　＊

"후우."

원지석은 긴장한 얼굴로 걸음을 옮겼다. 지금 그가 있는 곳은 첼시의 훈련장인 코밤. 그곳엔 많은 사람들이 있었다. 그중 원지석의 얼굴을 아는 자들이 웃으며 인사를 건넸다.

"돌아온 걸 환영하네, 원."

스카우터들과 코치들. 그들은 원지석이 첼시에 있을 때 같이 일했던 동료들이었다.

그리고 가장 격하게 반긴 이는 이제 첼시의 수석 코치가 된 스티브 홀랜드였다.

"오랜만이에요, 스티브. 1군 수석 코치라니 출세했네요."

"티가 좀 나?"

스티브 홀랜드는 껄껄 웃으며 원지석의 등을 두들겼다.

"네가 조제 감독님이랑 나 사이의 다리가 되어줘야겠어."

"그러죠 뭐."

스티브 홀랜드와 무리뉴 간에는 이렇다 할 관계가 없었다. 그가 리저브 팀(U21)의 감독이 되었을 때가 2009년. 당시 무리뉴는 인테르에 있을 때였다.

하지만 원지석은 달랐다. 그는 무리뉴 1기 시절부터 유소년 팀의 코치를 맡으며 경력을 쌓았다. 이후엔 리저브 팀의 코치가 되며 스티브 홀랜드와도 나름의 친분을 쌓을 수 있었다.

원지석은 고개를 끄덕였다. 둘의 사이를 연결해 주는 일은 그리 어려운 일이 아니었다.

'여기도 오랜만이군.'

오랜만에 온 코밤 훈련장은 그 느낌이 새로웠다. 아직 훈련 시간이 아니기에 선수들은 없지만, 코치들은 일찍부터 나와 준비를 하고 있었다.

"애들 온다."

스티브 홀랜드가 턱짓으로 한쪽을 가리켰다.

멀리서 트레이닝복을 입은 선수들이 훈련장을 향해 걸어오고 있었다. 하지만 그 얼굴들은 익히 알려진 슈퍼스타들이 아닌, 아직 어린 유소년들이었다.

아이들의 얼굴은 들떠 있었다. 첼시 역사상 최고의 감독이라 불리는 무리뉴의 귀환 뉴스를 들었으니 무리도 아니었다.

마침내 유소년들이 훈련장에 모두 모이고, 원지석은 그런 아이들의 앞에 서서 말했다.

"반갑다."

흠흠, 목을 한 번 가다듬은 그가 말을 이었다.

"내가 이제부터 너희들을 감독할 원지석이라고 한다."

갑작스러운 말에 아이들이 혼란스러운 얼굴로 서로를 보았

다. 아무래도 미리 말을 듣지 못한 모양이지만, 이제부터 알아
가면 될 일 아닌가. 원지석이 씨익 웃었다.

첼시의 1군 코치 겸 유소년 감독.

지금 원지석이 맡은 역할이었다.

2 ROUND
피치 위의 마스티프

그것은 술자리에서 있었던 일이었다.

대회의 우승을 자축할 겸 가진 술자리엔 무리뉴와 원지석만이 있었다. 다른 사람들이 없다고 아쉬워할 건 없다. 곧 첼시에서 볼 사람들이었으니까.

"저는 무슨 일을 하는 거죠?"

그 말대로 원지석은 자신이 어떤 직책을 수행할지 아직 모르는 상황이었다.

문득 예전 일이 떠올랐다. 그때 원지석은 리저브 팀의 코치였다. 가끔 1군의 일을 맡을 때도 있었지만 보통은 2군과 유소년들의 업무를 처리했다.

"자네는 나와 함께 일할 거야."

"1군 코치입니까?"

"1군 업무 말고도 할 게 많아. 예를 들면."

와인 잔을 흔들던 무리뉴가 대답했다.

특유의 능글맞은 미소와 함께.

"유스 녀석들. 한번 키워보게."

＊　　　　＊　　　　＊

"일은 어떻던가."

안경을 쓴 백발의 노인이 말했다.

그의 이름은 피엣 데 비세르.

첼시의 치프 스카우터이자, 오랫동안 첼시에서 일하며 수많은 유망주들을 발굴한 전설적인 인물이기도 했다.

"글쎄요. 익숙하기도 하고 낯설기도 하고. 아직은 모르겠네요."

원지석이 더벅머리를 긁적이며 어색하게 웃었다.

오랫동안 첼시에서 일한 사람인 만큼 둘은 안면이 있는 사이였다. 그렇다고 해서 사이가 좋다고는 할 수 없지만, 나쁜 사이도 아니었다.

업무에서 서로 믿고 일을 맡길 수 있을 관계.

딱 그 정도의 관계였다.

"처음 자네가 나간다고 했을 때는 솔직히 말해 놀랐었네. 이제는 다 해결된 건가?"

비세르의 말에 원지석은 쓰게 웃으며 안경을 고쳐 썼다.

그가 첼시를 나갈 때, 인사를 남길 겨를 따윈 존재하지 않았다. 스트레스로 죽는다는 게 뭔지 알 거 같았으니까.

"알고 계셨네요."

"나름 눈여겨보던 인재니까."

"후한 평가군요. 부담스럽게."

쩝 하고 입맛을 다신 원지석이 말을 이었다.

"작은 병을 앓으며 고생하던 중에, 고향에 있던 가족들과 문제가 있었죠. 이젠 다 끝난 일입니다. 앞으로는 서로 얽힐 일도 없을 테니까요."

원지석의 얼굴이 살짝 구겨졌다.

그때 일을 생각하는 것만으로 불쾌감이 스멀스멀 그의 등골을 타고 올라왔다.

가족. 그걸 가족이라 할 수 있었을까.

유일하게 따랐던 이의 죽음, 그리고 남겨진 것. 자신을 무시했던 이들이 그렇게 관심을 가졌던 것은 그때가 처음이었다.

이 자리에서 그런 일들을 말하려면 꽤나 긴 이야기가 될 터였다. 그랬기에 이 정도가 적당했다.

노인도 그것을 눈치챘는지 대화의 주제를 돌렸다.

"아이들은 어떻던가?"

"훌륭하더군요. 다들 재능이 넘쳐요."

그 말에 비세르가 미소를 지었다.

유소년들은 그의 스카우트 팀이 노력한 결과물이라 할 수 있었다.

"그래도 순탄치는 않아 보이더군."

비세르가 언뜻 보기에도 유소년 팀의 분위기는 그리 좋아 보이지 않았다. 아무래도 막 부임한 원지석에 대한 불신이 문제인 듯했지만.

"뭐… 그건 앞으로 제가 해야 할 일이니까요."

"그렇지. 그건 자네가 해야 할 일이지. 그렇다고 너무 갈구지는 말게. 자네는 그런 쪽으로 조제보다 더해."

"하하, 별말씀을."

대화를 나누며 걷다 보니 어느새 목적지에 도착했다. 작은 훈련장에는 이미 몇 명의 사람이 어슬렁거리는 중이었다.

"저 아이들인가?"

"네. 왼쪽이 앤디, 오른쪽이 킴입니다."

쭈뼛거리며 주위를 두리번거리는 앤디와 달리 무표정한 얼굴의 킴이 대조적이었다.

"인상적인 조합이군. 실력은 어떨까."

비세르의 눈이 날카롭게 변했다. 이제부터는 첼시라는 거대 구단의 치프 스카우터로서 일을 해야 할 시간이었다. 스카우트 팀들이 카메라 세팅을 끝마치자 때마침 녀석들이 옷을 갈아입고 오는 게 보였다.

앤디와 킴.

둘은 지금 첼시의 입단 테스트를 받고 있는 것이다.

"우선 속력 테스트를 먼저 해볼까."

맨 처음은 단거리달리기였다.

휘슬 소리와 함께 둘이 이를 악물고 필사적으로 달렸다. 그 시간을 체크한 결과 둘의 속력은 비슷했다.

다음은 지그재그로 달리는 속력을 측정했다.

콘을 일렬로 세워두고 그 사이를 지그재그로 달리면 되는데, 속도를 얼마나 유지할 수 있는지를 확인하는 테스트였다. 여기선 킴의 속력이 살짝 더 빨랐지만, 그 차이가 그리 눈에 띄진 않았다.

"그다음은 지구력."

체력을 알아보기 위한 장거리달리기가 시작되었다. 차이는 여기서부터 보였다. 또래보다 좋은 신체를 가진 킴이 여유롭게 마지막 바퀴를 돈 것이다.

"쉽네."

거들먹거리는 그 모습에 스카우트 팀에서 웃음소리가 터졌다. 유쾌하다고 받아들여진 모양이었다.

잠시 후 거친 숨을 내쉬며 앤디가 도착했다. 제임스 풋볼 아카데미에 있을 땐 이 정도로 뛰어본 게 드물었다. 항상 구석에서 볼을 차던 소년의 한계라 할 수 있었다.

"피지컬 테스트는 이쯤 하지."

비세르의 말에 스카우트 팀이 공을 한 꾸러미 가져왔다. 다른 이들은 사람의 모양새를 본뜬 장애물을 옮기는 중이었다.

"진짜 테스트를 해보자고."

시작은 패스였다. 일대일로 패스를 주고받는 것부터, 이 대일 패스와 장거리 패스까지.

여기서 킴과 앤디의 스타일이 확연히 구분되었다. 피지컬적으로는 킴이 앞섰지만, 기술적인 면에서는 앤디의 실력이 확연히 뛰어났던 것이다.

특히 앤디의 퍼스트 터치는 정말 뛰어났다. 발만 본다면 스페니쉬 유망주가 아닐까 할 정도로.

그러나 슈팅은 애매하다 할 수 있었다. 비세르의 표정을 봐선 썩 마음에 들진 않은 모양이지만, 애초에 스트라이커로 데려온 녀석들은 아니니 넘어가는 모양새였다.

다른 것을 더 시켜본 뒤 비세르가 입을 열었다.

"괜찮군. 괜찮지만, 이걸로는 부족해."

그의 의견은 부정적이었다.

괜찮은 실력이지만 거기까지였다.

첼시라는 거대 구단에 입단하기 위해선 더 뛰어난, 자신의 흥미를 끌 수 있는 실력을 보여야만 했기 때문이다.

"아직 보여줄 게 있습니다."

원지석이 말을 하며 앤디를 불렀다.

"앤디."

"네."

"그걸 해보자꾸나."

"정말요? 여기서?"

앤디가 머뭇거리며 자신의 앞머리를 만졌다. 그러더니 이윽고 고개를 끄덕였다. 원지석의 말이니 한다는 기색이 역력했다.

혹여 말을 바꿀까 원지석은 골대 근처에 멀뚱히 서 있던 사람들에게 소리쳤다.

"그것 좀 골대 앞에 놔주세요!"

그건 사람의 모습을 본뜬 장애물이었다. 철제 프레임으로 만들어진 장애물은 보통 프리킥을 찰 때 사용되었다.

"아까 하지 않았나요?"

물론 그랬다. 앤디의 경우 열 개 중 세 개, 킴은 하나도 넣질 못했지만.

"다시 쓸 겁니다!"

"뭐 그렇다면."

다시 해봐야 얼마나 나아지겠는가. 그들은 고개를 갸웃거리면서도 원지석의 요구를 따라주었다.

"원, 이게 의미가 있나?"

지켜보던 비세르 역시 얼떨떨한 얼굴로 물었다. 하지만 원지석은 의미심장한 미소를 지으며 무언가를 꺼냈다. 그것은 검은색의 띠였다.

"그냥 단순한 띠 아닌가?"

"맞습니다. 그냥 띠죠."

원지석은 그걸 앤디에게 건네주었다.

그쯤 되니 반쯤 포기한 앤디는 결국 체념하듯 띠를 썼다. 팔뚝이 아닌 얼굴에.

"갑자기 눈을 가리다니 미쳤어? 마술이라도 하려는 거야?"

옆에서 보던 킴이 당황한 얼굴로 소리쳤다. 하지만 원지석은 대답 없이 검지를 입에 가져갔다. 조용히 하고 보라는 뜻이었다.

"후우."

호흡을 고른 앤디가 공에 발을 한 번 올린 뒤 뒷걸음질을 쳤다. 눈을 감고 있지만 공이 어디에 있는지 뻔히 알 수 있었다.

이윽고 준비를 끝낸 앤디가 달리기 시작했다.

"흐읍!"

쾅!

전과는 확연히 다른 슈팅 소리에 스카우터들이 눈을 크게 떴다. 하지만 그 눈이 경악으로 물들기까지는 그리 오래 걸리지 않았다.

부드러운 곡선을 그리며 장애물을 넘긴 공은.

골포스트 구석에 부드럽게 들어갔다.

철썩!

골 망이 출렁였다.

＊　　　　＊　　　　＊

"후우."

앤디가 숨을 고르며 다시 뒷걸음질을 치기 시작했다.

이제 열 번째.

아까와 똑같은 열 번의 기회였지만 너무나 다른 결과였다. 열 번 중 세 번을 성공시킨 녀석이 지금은 아홉 번 중 아홉 번을 성공시키고 있었다.

거기다 눈을 가린 채로.

다섯 번째를 성공시킨 이후로 앤디는 공을 더 멀리서 차고 있었다. 이제는 37m에 가까운 거리에서 슛을 하려고 있었다. 계속 눈을 가린 상태로 말이다!

콰앙!

다시 한번 공이 쏘아졌다. 이번에는 꽤나 힘이 실렸는지 높이 날아가는 게 보였다. 거기다 힘도 꽤 실려 그대로 골대 밖으로 향하는 듯했지만, 갑자기 급격하게 꺾이기 시작한 공은 그대로 골문을 향해 휘어졌다.

철썩!

또다. 또 들어갔다.

비세르는 자신이 보고 있는 게 꿈인지 현실인지 구분할 수가 없었다. 정말 마술이라도 하는 건가? 자신이 눈치채지 못한 트릭이 있으면 차라리 속이라도 편하겠다.

하지만 이미 저 띠를 자신이 써보기까지 한 상황이었다. 캄캄했다. 정말 아무것도 보이지 않는 게 맞았다.

그런 상황에서 주어진 열 번의 기회.

저 꼬마는 열 번을 모두 성공시켰다.

"아까는 실력을 숨겼던 건가?"

자신을 속였냐는 말에 원지석은 고개를 저었다.

"아니요. 놀랍게도 저 녀석은 눈을 감을 때만 끝내주는 모습을 보여줍니다. 본인 말로는 그게 더 편하다더군요."

"하하, 웃기는 말이군."

"신기하죠? 이런 녀석도 있더군요. 저도 놀랐습니다. 이런 특성이 있는 녀석이 있을 줄은."

"그렇긴 하군. 굉장히 유니크한 녀석이야. 내 80이 넘는 인생 동안 이런 녀석은 처음 보는군."

비세르는 어딘가 흥분한 모양새로 앤디를 보았다. 녀석은 눈을 가리던 띠를 벗고서 머뭇거리고 있었다.

"자존감 문제인가?"

"그럴 거라 생각 중입니다. 거기다 퍼스트 터치를 할 때도 보셨겠지만 워낙 감각이 뛰어난 녀석이라, 눈을 감을 때 그 감각이 최대한 높아지는 걸로 추측 중입니다만."

결론은 아직까지는 알 수 없는 이야기였다.

하지만 그 감각을 눈을 뜨고 있을 때에도 쓸 수 있다면, 어쩌면 그들은 세계 최고의 미드필더가 될 녀석을 눈앞에 두고 있을지 몰랐다.

"극복하지 못하면 데드볼인 상황에서만 쓸 수 있어."

"그래서 이 녀석이 필요한 겁니다."

원지석은 고개를 돌렸다.

아직까지 멍하니 벌려진 턱을 닫지 못하고 있는 킴이 보였다.

"킴."

"어, 어?!"

"저 녀석 말인가?"

"아까 수비 테스트를 할 때 보였지만 꽤나 사냥개 같은 녀석입니다. 앤디의 옆에서 짝을 이루기엔 좋은 성향이지요."

수비 테스트는 여러 명이 원을 만들고 그 가운데에 있는 사람이 공을 빼앗는 걸 말했다.

킴은 열정적으로 뛰며 공을 노렸다. 처음엔 잠시 헤맸지만 이윽고 슬라이딩태클로 공을 따낼 때는 그럭저럭 괜찮은 시간대를 기록할 수 있었다.

"거기다 이 녀석, 원래 포지션은 공격수였습니다. 거의 보름 전까지는 그랬죠."

"허허."

이쯤 되니 비세르가 너털웃음을 터뜨렸다.

이런 기분이 얼마 만이더라. 자신을 흥분시켰던 유망주가 한 명도 아니고 두 명이나 동시에 나타났던 게.

"어떻습니까."

"확실히 그래. 둘을 같이 중원에 세운다면, 재미있는 조합이 될지도 모르지."

시너지효과.

혼자서는 불완전할지 몰라도 둘이 있을 경우 그 효과가 수 배는 뛸 놀라운 콤비가.

"밖에서 놀고만 있지는 않은 모양이군, 원."

"우연이죠 뭐."

"그래도 그걸 발견하고 가져온 건 자네야."

뜻밖의 칭찬에 원지석이 더벅머리를 괜스레 긁적였다. 딱히 할 말이 없을 때 나오는 제스처였다. 지금은 나름대로 부끄러워서 하는 거였고.

"뭐, 아무튼."

안경을 고쳐 쓴 비세르가 종이에 무언가를 휘적거리며 말했다.

"돌아온 걸 환영하네."

＊　　　　＊　　　　＊

킴과 앤디의 입단 테스트는 성공적이었다.

둘은 유소년 계약을 맺으며 첼시에 입단한 것이다.

그 상황이 믿기지 않는다는 듯 앤디가 얼떨떨했다면, 킴은 소리를 지르며 뜻 모를 춤을 추기 시작했다. 결국 어머니에게 등짝을 맞은 뒤에야 멈췄지만.

킴은 계약서를 쓰는 동안에도 실실거리는 것을 멈추지 않았다. 그에게 첼시란 그런 곳이었다.

드림 클럽(Dream Club).

비록 유소년 계약이고, 우상이었던 드록바와는 다른 포지션으로 뛰게 되었지만, 항상 꿈에 그리던 클럽에 들어간 것만으로도 날아갈 것 같은 기분이었다.

"야, 공 간다!"

갑작스러운 외침에 정신이 번쩍 들었다.

킴은 자신의 옆으로 가로질러지는 공을 향해 본능적으로 몸을 날렸다. 다이내믹했지만 상대 팀의 패스를 깔끔하게 끊어낸 슬라이딩태클.

볼을 탈취하고 일어난 킴은 곧바로 공을 건넸다. 이것 또한 예전이라면 상상할 수 없었을 행동이지만 지금은 달랐다.

킴은 자신의 재능이 그다지 좋지 못하다는 걸 알고 있었다. 거기다 재능이 뛰어나다는 녀석들도 대부분이 1군으로 콜업되지 못하는 게 현실이었다.

살아남아야 했다.

우선적인 목표는 프로 계약과 1군 무대에 데뷔하는 거였다. 그러기 위해선 하지 못할 게 없었다. 화려한 스포트라이트를 받지 못하고 비추는 쪽이라 해도 살아남을 수만 있다면.

'내가 꼭 너네보다 오래간다!'

킴은 눈을 부릅뜨며 자신의 패스를 받은 앤디를 보았다. 자신의 생명 줄은 저 빈약해 보이는 녀석이 쥐고 있다고 해도 과언이 아니다.

공을 소유한 앤디가 주변을 둘러보았다. 저 멀리 수비수들 사이를 어슬렁거리는 공격수가 보였다. 길은 보였다. 이제 공을 저쪽으로 보내주기만 하면 될 뿐.

앤디는 심호흡과 함께 눈을 감았다.

그러고는 호흡을 내쉬는 것과 함께 공을 찼다.

낮게, 하지만 매섭게 깔아진 패스가 수비수들 사이를 지나 오프사이드를 무너뜨린 공격수 앞에 도착했다.

철썩!

골 망이 출렁이는 소리에 앤디는 눈을 떴다.

"잘했어, 인마."

"응. 고마워."

서로 하이 파이브를 하는 킴과 앤디를 보며 원지석이 고개를 끄덕였다. 생각보다 빠르게 적응하는 모습을 보여주니 다행이었다.

비슷한 점이라곤 찾기 힘든 콤비였지만 그런 둘이 내는 시너지는 생각보다 괜찮았다. 점점 적응할수록 굉장해질 거라 확신할 수 있었다.

결국 지금 흘린 땀이 미래를 말해줄 것이다.

원지석도 둘을 위해 맞춤 트레이닝을 짜주며 최선을 다했다. 킴의 경우는 직설적이고 반복적인 훈련을 통해 교정이 가능하다면, 앤디의 경우는 조금 달랐다.

앤디에게 중요한 것은 호흡이었다. 한 호흡에 어떤 동작을 할 수 있는지, 그 감각을 몸에 익히도록 요구했다. 몸에 습관처럼 배일 때쯤이면 전혀 다른 선수가 될 수 있을 것이다.

'그것보다.'

원지석은 두꺼운 안경을 고쳐 쓰며 다른 녀석들을 보았다. 킴과 앤디에게 신경을 쓴다는 말이 다른 녀석들에게 신경을 끈다는 말은 아니었다.

그는 자신의 선수들을 하나하나 살펴보며 어떤 녀석들인지 매일 파악하고 있었으니까.

그런 태도에도 불구하고 유스 선수단의 반응은 미적지근했다. 요구에는 따라줄 뿐 의욕이라곤 전혀 보이지 않았다.

'계기가 필요하다.'

어쨌든 지금은 시즌이 시작되기 전인 프리시즌이다. 바뀔 여지는 얼마든지 있었다.

훈련을 끝낸 원지석이 태블릿 PC를 꺼냈다.

새로운 알림을 클릭하니 첼시FC의 홈페이지로 접속되었다. 무리뉴의 복귀 뉴스가 크게 걸린 홈페이지는 작게나마 새 소식을 알렸다.

[그리운 사람이 한 명 더 돌아왔습니다!]

원지석에 대한 소식이었다.

내용은 짧고 간단했다. 예전에 리저브 팀에서 코치로 일하던 원지석이 다시 돌아와, 1군 코치 겸 유소년 감독이 되었다는 이야기였다.

[돌아온 걸 환영합니다, 원!]

멋쩍은 얼굴로 태블릿을 닫은 원지석이 콧등을 긁적였다. 괜히 부끄러운 기분이었다.

"슬슬 준비해야겠군."

오늘 저녁은 약속이 있었다.

그것도 런던의 부촌으로 불리는 켄싱턴에서.

물론 여자 친구와의 근사한 데이트 같은 건 아니었다. 오히려 정신 똑바로 차려야 할 호랑이 굴에 가까웠다. 그가 상대할 사람들은 방송계의 거물들이었으니까.

"학부모 면담이라니, 환장하겠군."

앤디의 부모님과 잡힌 약속이기 때문이다.

*　　　　*　　　　*

택시에서 내린 원지석은 주변을 둘러보며 괜히 옷매무새를 고쳤다. 드라마나 영화에서 보던 곳을 직접 오니 묘한 기분이

들었다. 자신과는 어울리지 않는 이질적인 느낌이.

높은 대문 앞에 선 그는 초인종을 눌렀다.

─누구세요?

"아, 오늘 오기로 한 원지석이라고 합니다."

대답은 들리지 않았다. 유명인의 집인 만큼 CCTV로 확인하는 것일까, 잠시 후 철컹하며 문이 열리는 소리가 들렸다.

─들어오세요.

그 말에 원지석은 대문을 열었다.

안에 들어가자 잘 꾸며진 정원이 보였다. 그 뒤쪽에 있는 2층짜리 집 또한 굉장히 예쁘다는 생각이 들었다.

"끝내주네."

사는 세상이 다르다는 건 이런 걸까.

물론 그가 아는 사람들 중 고소득자가 없는 게 아니다. 당장 무리뉴만 하더라도 일 년에 백억이 넘는 연봉을 받지 않던가. 하지만 눈으로 보는 체감은 이렇게나 달랐다.

집 안으로 들어가니 의외로 사치스럽다는 느낌은 들지 않았다. 깔끔한 인테리어는 화려함과 거리가 먼 인상을 주었다.

"어서 오세요."

그렇게 말한 사람은 금발의 아름다운 여성이었다. 이 사람의 얼굴을 모르는 사람이 얼마나 있을까. 영국만이 아니라 할리우드에서도 활약하는 배우, 테일러 요크였다.

앤디의 어머니가 되는 사람이기도 했다.

"처음 뵙겠습니다. 원지석이라고 합니다. 이렇게 초대해 주셔서 감사합니다."

"반가워요. 항상 앤디가 당신에 대한 이야기를 하니 어쩐지 친숙할 정도네요."

"앤디가요?"

고개를 갸웃거리는 그를 보며 작게 웃은 테일러가 대답 대신 원지석을 안내했다.

그녀를 따라가자 나온 곳은 손님을 맞이할 때 쓰는 홀이었다. 그리고 앤디를 닮은 건장한 남성이 보였다. 저 남성 또한 영국에서 매우 유명한 인물이었다.

알렉스 요크.

영국의 공영방송 BBC에서 활발히 활동하는 방송인이었다. 뉴스뿐만 아니라 여러 프로그램에서 사회자를 맡으며 BBC의 간판으로 꼽히는 사람 중 하나이기도 했다.

반듯하게 정리한 머리, 철테의 사각 안경은 지적인 이미지와 동시에 날카로운 인상을 주었음에도, 준수한 얼굴이 그것을 매력으로 만들어주었다.

"반갑습니다, 원."

알렉스가 입을 열었다.

목소리마저 멋있다고 느껴지는 사람은 처음이었다.

이 부부를 보니 앤디의 외모가 어디서 나왔는지 단번에 이해가 될 정도였다. 얼굴마저 금수저였던 것이다.

셋은 자리에 앉았다.

탁자 위엔 김이 나는 차와 달콤해 보이는 쿠키가 다과로 올라와 있었다.

그들은 이번이 첫 만남이었다.

앤디가 계약을 맺을 때 원지석은 그곳에 있지 않았다. 계약은 감독의 일이 아니었으니까. 킴의 경우엔 계약에 대해 무지했던 킴의 어머니가 도움을 요청했기에 도움을 줬지만, 이들은 그럴 필요가 없었다.

그런 만큼 오늘 그들이 나눌 이야기 또한 계약에 관한 것은 아니었다. 이미 구단의 관계자와 이야기가 끝난 상황일 테니까. 오늘 이렇게 모인 이유는 앤디에 관한 것이 컸다.

이런저런 대화를 나누던 알렉스가 본론을 꺼냈다.

"솔직히 말해 앤디가 첼시라는 큰 구단에 들어갈 줄은 상상도 하지 못했습니다."

알렉스의 말대로였다. 앤디는 첼시에 입단 테스트를 받는 것을 비밀로 했고, 그들은 갑작스러운 합격에 혼란스러워했다. 그들이 아는 앤디는 그렇게 실력이 좋은 아이가 아니었으니까.

"사실 앤디에게 재능이 없다는 건 우리 부부 모두 잘 알고 있었습니다. 그럼에도 축구를 계속 시킨 건, 그 아이가 무엇을 하겠다고 말한 게 처음이었거든요."

앤디는 내성적인 아이였다.

가지고 싶은 게 있어도 그것을 말하지 않고, 불편한 게 있어도 내색하지 않는 아이였다.

그런 아이가 처음으로 자기가 하고 싶은 것을 말했다. 그게 축구라는 것은 의외였지만, 알렉스와 테일러는 기꺼이 그 부탁을 들어주었다.

하지만 현실은 냉정해서 좋은 평가를 받지 못한 게 사실이다. 그럼에도 부부는 항상 앤디를 응원했다. 그런 상황에 갑자기 첼시에 입단하게 되었다고 했을 땐 얼마나 놀랐는지.

그들이 원지석을 부른 이유도 여기에 있었다.

"앤디가 제임스 아카데미에 있을 때부터 원에 대한 이야기를 꾸준히 했어요. 그리고 원, 당신이 첼시의 유소년 감독이 되어 앤디를 데려갔다는 이야기도 들었고요."

"그 말씀은……"

"네 맞아요, 원."

알렉스는 고개를 끄덕이며 원지석의 추측을 긍정했다.

"혹시 정에 이끌려 앤디를 데리고 있는 거라면, 그러지 말아주셨으면 좋겠군요. 서로에게 잔인한 일이 될 테니까요."

만약 앤디가 낙하산으로 입단한 거라면 그 수준 차이는 극

명할 것이다. 거기서 아이가 입을 상처는 얼마나 클 것인가. 그들은 그것을 우려하고 있었다.

원지석은 잠시 입을 다물었다.

눈앞에 놓인 차가 점점 식어갈 무렵, 마침내 그가 입을 열었다.

"혹시 말입니다."

그 말은 화를 참는 것처럼 보였다.

"두 분은 아드님이 축구하는 걸 보신 적이 있습니까?"

그는 축구로 더러운 짓을 하는 사람들을 가장 경멸했다. 이들 부부의 말은 모욕에 가까웠다.

그럴 의도가 느껴지지 않았기에 터지지 않았을 뿐, 만약 다른 상황이었다면 불쾌감을 숨기지 않았을 것이다.

"아마 처음 빼곤 없었겠죠. 이해합니다. 하지만 단언컨대, 앤디의 합격엔 그 어떤 더러움도 섞여 있지 않습니다. 그러니 마음 놓고 기뻐하셔도 됩니다."

확실히 앤디는 잠재성을 보고 합격한 케이스였다. 그리고 그 잠재성을 이제 개화하기 시작하는 중이었고. 녀석이 흘린 땀은 절대 부정되어서는 안 됐다.

원지석은 자신의 주머니에 있던 USB 메모리를 꺼내 탁자 위에 올렸다. 앤디의 성장을 영상으로 만든 자료였다.

"바쁘신 건 알지만, 가끔은 아이가 뛰는 모습을 구경하러

오시는 것도 나쁘지 않을 거 같군요."

그 말을 끝으로 원지석은 싱긋 웃으며 자리에서 일어났다. 더 이상 할 말은 없었다.

"차, 잘 마셨습니다."

그렇게 현관문을 열고 나가는 길이었다.

"어라? 손님?"

때마침 정문을 열고 들어오는 사람이 있었다.

그 사람은 여자였는데, 꽤나 개성이 넘치는 사람이라 할 수 있었다.

우선 목에 있는 가죽 초커가 눈에 띄었다.

웬만한 모델들이 소화하기 힘든 디자인임에도 워낙 목이 가늘었기에 잘 어울린다는 느낌을 주었다.

상의는 시스루인 만큼 검은색 속옷이 언뜻 비치는 중이었고, 하의는 짧은 핫팬츠를 입어 매력적인 다리가 시원하게 나온 상황이었다. 그 발은 컨버스 하이탑으로 마무리되어 있었다.

그녀가 성큼성큼 걸을 때마다 컬이 들어간 금색의 머리가 출렁였다. 자세히 보니 얼굴도 꽤나 아름다운 사람이었다. 특히 바다같이 푸른 눈이.

그 모습을 멍하니 보던 원지석이 핫 하고 정신을 차렸다.

그때 어느새 코앞까지 다가온 그녀가 물끄러미 원지석을 바라보았다.

"흐음, 방송사 사람?"

"아닙니다."

"그래요?"

더 이상의 대화는 이어지지 않았다.

서로를 멀뚱히 보던 중, 그녀가 고개를 갸웃거리며 말했다.

"음, 잘 가요?"

그게 그녀와의 첫 만남이었다.

*   *   *

나중에 안 사실이지만.

그녀의 이름은 캐서린이라고 했다. 애칭은 캐시. 그런 것들을 어떻게 알았냐면, 눈앞에서 방긋 웃으며 이야기하는 앤디 덕분이었다.

"우리 누나예요."

"……?"

원지석은 순간 자신이 잘못 들었나 싶어 고개를 갸웃거렸다.

"누나?"

"네. 디자인 쪽에서 일하고 있어요. 재능이 있다는 소리도 쩨 듣나 봐요."

말하는 걸 봐서 남매간의 사이는 나쁘지 않은 모양이었다. 원지석은 아직도 얼떨떨해하는 중이었지만. 그만큼 너무나 다른 분위기를 가진 남매였다.

누나인 캐서린이 굉장히 화려하고 외향적인 성격으로 보인다면, 동생인 앤디는 튀지 않는 조용한 사람이었다. 닮은 게 있다면 외모 정도일까. 피는 거짓말을 하지 못하는 모양이었다.

머리를 긁적이던 원지석이 이윽고 고개를 끄덕였다.

"훈련이나 계속하자."

곧 프리시즌이었다. 첼시의 U18도 유럽의 여러 클럽들과 경기를 한다. 1군처럼 세계 일주를 하진 않지만 바쁜 일정이 시작될 것이다.

그때 갑자기 일어난 소란에 사람들의 시선이 쏠렸다. 다른 코치들이 뛰어가는 걸 보며 원지석의 고개 또한 돌아갔다.

아이들이 몸을 부딪치며 으르렁거리는 게 보였다.

싸움이었다.

원지석도 흉흉한 분위기에 서둘러 그쪽을 향해 뛰었다. 코치들이 싸우는 아이를 멀리 떨어뜨렸는데, 얼굴을 확인한 그의 얼굴이 구겨졌다.

그중 한 녀석은 킴이었기 때문이다.

씩씩거리는 킴에게 다가가며 원지석이 한숨을 쉬었다.

"그만. 뭐 하는 거냐."

원지석의 말에도 킴은 쉽사리 흥분을 가라앉히지 못했다. 계속해서 상대편을 향해 으르렁거리고 있었는데, 원지석은 상황의 기묘함을 깨달았다.

'이쪽은 이 녀석 혼자인데 저쪽은 우르르 몰려 있군.'

텃세인가. 대충 상상이 갔다.

원지석의 얼굴이 살짝 구겨졌다.

"쟤들이 뭐라고 했길래 그렇게 화가 났냐."

"……."

킴은 대답하지 않았다. 아마도 자존심 때문에 입을 굳게 다문 모양이었다. 원지석은 다시 한번 물었다.

"이렇게 나오면 너에게도 불이익이 갈 수밖에 없다."

"축구 못한다는 건 참을 수 있지만, 돈이 없다는 걸로 가족을 욕하는 건 참을 수 없어."

그 말에 원지석은 안경을 고쳐 썼다. 집중 코칭을 받는 킴이 부러워서 그랬을까? 혹은 괴롭힐 상대를 찾기 위해서였을지도 모른다.

이유가 무엇이든 절대 해선 안 될 일이었고, 시시비비는 명확하다. 원지석은 감독으로서 처벌을 내렸다.

"너희들은 2주간 주급 정지다."

주급 정지는 절대 가볍지 않은 처벌이었다. 그럼에도 시비를 걸은 녀석들은 시큰둥하게 어깨를 으쓱였다.

"됐죠? 그럼 가볼게요."

그렇게 말하고는 떠나는 녀석들을 보며 원지석의 미간이 꿈틀거렸다.

"문제아들이군."

"괜찮겠습니까?"

유소년 코치 중 한 명이 물었다.

저 녀석들 중엔 구단에서 기대를 거는 녀석도 있었다. 그런 녀석들과 마찰이 생겨선 좋을 게 없으니까 하는 말이겠지만, 원지석은 고개를 끄덕였다.

"괜찮습니다."

문제아는 갱생시킬 수 있다. 킴처럼.

끝내 갱생되지 않는 녀석들은 쫓겨나는 수밖에.

다시 훈련이 시작되었다.

멀리서 킴을 위로하는 앤디가 보였다. 징계를 받은 녀석들이 사라졌기에 더 이상 시끄러운 일 없이 훈련이 마무리되었다.

그렇게 불안함을 유지한 채 프리시즌이 시작되었다.

첫 경기 상대는 프랑스 리그 1의 소속인 EA갱강의 유소년 클럽이었다. 그다지 강하다고는 할 수 없는 팀이었는데, 첫 경기인 만큼 전술의 적응과 점검에 목적을 맞춘 경기였다.

하지만 경기를 준비 중인 코치들의 얼굴은 어딘가 불안해 보였다.

지난번에 있었던 다툼 이후 근본적인 해결이 이루어지지 않았기 때문이다.

그 소문은 1군까지 퍼진 모양인지, 런던에 남아 있던 1군 코치 중 하나가 불쑥 말했다.

"괜찮을까요?"

"뭐가."

소파에 앉아 리모컨을 찾던 스티브 홀랜드가 시큰둥하게 답했다. 맨 처음 말을 꺼냈던 신입 코치는 답답하다는 듯 한숨을 쉬었다.

"원 말입니다. 요즘 유소년 쪽 분위기가 그리 좋지 않다는 소리가 들려요."

"그래?"

리모컨으로 TV를 켜자 때마침 첼시 U18과 갱강 U19의 경기가 시작되고 있었다.

특이한 점은 선발 라인업으로 소란을 일으켰던 녀석들이 올려졌단 거였다.

"쟤들인가?"

"그런 거 같군."

경기가 시작되었다. 다른 곳에 있던 코치들도 어느새 다가와 경기를 지켜보기 시작했다. 무리뉴가 새로 데려온 유소년 감독이 어떤지 궁금한 모양이었다.

하지만 첼시 U18의 경기력은 썩 좋지 못했다. 플레이는 전체적으로 엉성했지만 무엇보다 눈살이 찌푸려지는 건 의욕 없는 태도였다.

상대가 약팀이라 비기고 있는 중이지, 만약 더 높은 수준의 팀이었다면 이미 몇 골을 먹혀도 이상하지 않을 상황이었다.

"형편없군."

스티브 홀랜드가 혀를 차며 소파에 몸을 기댔다.

"계속 이런 경기라면 잘리는 것도 시간문제겠어."

"아무래도 심약한 성격이 문제일까요?"

"심약해? 누가? 원, 저 녀석이?"

신입 코치의 말에 홀랜드뿐만이 아니라 첼시에서 오래 일했던 자들이 웃음을 터뜨렸다. 모두 원지석과 함께 일했던 사람들이었다.

"왜요, 왜 웃습니까?"

신입 코치가 어리둥절한 얼굴로 물어보자 홀랜드가 고개를 저으며 답했다.

"자네 08/09 시즌의 챔피언스리그를 기억하나?"

"예. 기억하죠."

"첼시와 바르셀로나의 경기도? 드록바가 화를 참지 못하고 욕을 하던 그 경기 말일세."

―이건 수치야!

카메라를 향해 소리치던 드록바의 모습은 신입 코치도 기억할 정도로 유명했다.

08/09 시즌의 챔피언스리그 4강.

첼시와 바르셀로나의 경기는 빅 매치로 많은 기대를 모았다. 이전에도 챔피언스리그에서 만나 명승부를 펼친 두 팀이었으니까.

그런 기대 속에서 열린 경기였지만.

그 결과는 오심으로 얼룩진 첼시의 패배였다.

경기가 끝난 뒤 주심이었던 오브레보의 자질 논란이 나올 정도였으며 분노한 팬들의 살해 협박을 받았고, 당시 세계 축구인들에게 큰 파장이 생길 정도였다.

"그때는 내가 아직 첼시에 오기 전이었지."

그럼에도 당시 경기 상황을 알 수 있었다. 중계를 통해서, 인터넷 영상을 통해서, 직접 경기를 본 사람들에게 들은 말이 있어서.

경기장의 분위기는 최악이었다. 팬, 선수들만이 아니라 스태프까지 모두 격앙되어 있었다.

그중에서 가장 흥분한 건 다름 아닌 원지석이었다.

주심만이 아니라 당시 바르셀로나의 감독이었던 펩 과르디올라에게 화를 내던 모습. 스티브 홀랜드는 지금도 그 강렬함을 잊지 못한다. 사람을 잡아먹을 듯 노려보며 소리치는 모습을.

덕분이라 해야 할지, 그때의 모습으로 인해 생긴 별명이 있었다.

피치 위의 마스티프(Mastiff).

"그는 투견이야."

＊　　　＊　　　＊

쾅!

크게 울린 소리에 라커 룸으로 돌아온 녀석들이 깜짝 놀란 얼굴로 원지석을 보았다.

그가 있는 힘껏 발로 차버린 철제 쓰레기통은 벽을 튕기고선 땅바닥을 굴렀다. 하지만 아직 성이 차지 않았는지 원지석은 쓰레기통을 계속해서 밟았다.

쾅, 쾅, 쾅!

이윽고 형체를 알아볼 수 없을 정도로 찌그러진 뒤에야 원지석이 한숨을 쉬며 자신의 선수들을 보았다.

처음에는 뭔가 싶었던 녀석들도 자신을 노려보는 눈빛에 움찔하며 몸을 움츠렸다. 눈을 돌렸다.

"날 봐."

굵은 안경알 너머로 사람을 죽일 것만 같은 시선이 쏘아졌다. 녀석들은 자기도 모르게 꿀꺽 침을 삼키며 분위기에 압도되어 가고 있었다.

"야, 이 개새끼들아."

으르렁거리는 그 모습이 짐승을 떠올리게 했다.

"나는 감독이다."

원지석은 자신을 가리키며 말했다.

이번에는 선수들을 가리켰고.

"너희는 선수들이고."

그는 말을 이었다.

"나는 너희들을 이끌고, 성장시켜서, 이겨야 한다. 너희는 나를 따라오고, 성장해서, 이겨야 한다."

거기까지 말한 원지석이 쓰레기통을 한 번 더 걷어찼다. 의도한 건지는 모르겠다만, 천장을 맞고 떨어진 그것은 오늘 가장 의욕이 없던 녀석을 향했다.

"그런데 너희는 지금 뭘 하고 있는 거지? 프리시즌이라 우습나? 아니. 내 말이 우스운 거겠지. 뭐 좋아. 그것도 선수의 자유니까."

하지만.

원지석의 입술이 비틀렸다.

"유소년이라고 해도 돈을 받고 뛰는 이상 책임에서 자유로울 수는 없지. 그리고 너희는 그 돈을 받을 가치가 없는 놈들이야."

그의 시선은 오늘 선발로 뛴 녀석들을 하나하나 훑었다. 거기서 멈추지 않고 다른 녀석들까지도. 이 라커 룸에 있는 녀석들 모두에게 하는 경고였다.

"그러니 나는 감독의 권한으로 할 수 있는 일을 하겠다. 지금부터 내 말을 따르지 않는, 개새끼는."

원지석이 씨익 웃었다.

의아하게도 선수들은 소름 끼쳐했지만.

"내가 심혈을 기울여 조지겠다. 장담하지. 농담으로 듣지 않아도 좋아."

그렇게 시작된 후반전.

놀랍게도 첼시 U18은 경기를 압도하기 시작했다. 기본적인 플레이부터 달라졌으며 무엇보다 경기에 임하는 자세가 바뀐 게 눈에 보일 정도였다.

마치 개 한 마리를 뒤에 달고 뛰는 것처럼 그들은 최선을 다해 뛰었다. TV 중계로 그 모습을 보던 스티브 홀랜드는 씨익 웃으며 중얼거렸다.

"성질은 그대로인 거 같구먼."

결과는 3 : 0.

첼시 U18의 승리였다.

*　　　　*　　　　*

이후 이어진 첼시 U18의 프리시즌은 승승장구라 말할 수 있었다. 유럽에서도 손꼽히는 클럽들의 유소년 팀을 차례차례 꺾으며 승리한 것이다.

마지막으로 바이에른 뮌헨의 유소년 팀과 무승부를 기록한 원지석은, 시즌이 시작하기 전까지 1군 팀에서 일할 예정이었다.

1군 코치와 유소년 감독을 겸직하는 건 쉬운 일이 아니다. 업무도 그렇지만 시간적으로도 겹치는 날이 많았다.

그랬기에 일단은 유소년 감독에 전념했다. 그러다가 빅 매치를 앞두었을 때 힘을 보태거나, 유소년 팀에서 1군으로 콜업될 선수가 있다면 그 녀석을 케어하는 일을 할 수도 있었다.

"여어, 개선장군 등장이구먼."

원지석의 모습을 본 코치들이 웃으며 말을 건넸다.

"요즘 1군은 어때요?"

"뭐 좋은 편이야. 돌아온 조제 감독님이랑 아는 얼굴도 많으니 분위기도 괜찮고. 새로 온 녀석들의 적응도 순조로워."

"새로운 영입은 더 없대요?"

그 말에 코치들은 고개를 저었다.

첼시는 지지난 시즌에 챔피언스리그 우승을, 지난 시즌에는 유로파 우승을 차지했지만 경기력 측면에선 썩 만족스러운 모습은 아니었다.

특히 챔피언스리그를 우승할 때는 최악의 부진 속에서 겨우 써내려간 기적이 아니었는가.

가장 문제점으로 꼽히는 점은 선수들의 노쇠화였다. 첼시의 황금기를 같이했던 선수들이 나이가 들며 기량이 떨어지고 있다는 거지만, 그만큼 부진의 원흉으로 지목되는 것이 하나 더 있었다.

페르난도 토레스.

일명 900억의 사나이.

첼시에 오며 심각한 부진에 빠진 골잡이가 말이다.

그런 만큼 새로운 공격수 영입은 필수적이라 할 수 있었지만 딱히 그런 이야기는 들리지 않았다. 꾸준히 연결되었던 맨체스터 유나이티드의 루니는 잔류 가능성이 큰 상황이었고.

"선수들 온다."

그때 코밤 훈련장을 향해 걸어오는 선수들이 보였다.

유소년들이 아닌 진짜 슈퍼스타들이.

원지석은 그중 한 선수를 보며 얼굴을 찌푸렸다.

존 테리.

첼시에서 가장 큰 족적을 남긴 수비수이자 레전드.

하지만 동시에 동료의 마누라와 불륜을 저질렀다는 주홍 글씨가 새겨진 남자였다. 그것 때문에 원지석은 존 테리를 좋게 보지 않았다. 아니, 아예 쓰레기 취급을 한다는 것에 가까웠다.

왜냐하면.

그 불륜의 피해자인 웨인 브릿지와 원지석은, 친구 사이였으니까. 무리뉴가 떠난 뒤 웨인 브릿지에게 많은 도움을 받았던 그로서는 존 테리를 용서할 수 없었다.

그리고 둘의 시선이 마주쳤다.

"……"

둘은 아무 말 없이 서로를 보았다.

어색한 분위기가 그 사이를 지배했다.

3 ROUND
담금질

"오랜만이군."

"그러네요."

"복귀 축하하네."

"고마워요."

존 테리와 나눈 대화는 이게 끝이었다.

사실 이게 당연한 거기도 했다. 그들은 프로였다. 사적인 감정을 드러내며 팀 분위기를 해칠 수는 없는 노릇이었으니까.

"오랜만이구나, 원."

"오랜만이네요, 프랭크."

뒤이어 온 사람은 첼시의 전설적인 미드필더 프랭크 램파드였다. 램파드뿐만이 아니라 애슐리 콜, 페트르 체흐가 무리뉴와 함께 걸어오고 있었다.

원지석에겐 감회가 새로운 장면이었다.

그가 무리뉴와 함께 스탬포드 브릿지에 올 때만 하더라도, 첼시라는 팀은 강팀의 반열에 오르려던 때였다. 그리고 이 선수들과 함께 많은 트로피를 따내며 성공적으로 자리 잡을 수 있었다.

그랬던 이들이 이제는 선수 생활의 마지막을 달려갔다. 그들의 전성기를 함께했던 무리뉴와 말이다.

"인마, 너 머리 꼬라지가 왜 그러냐."

"그냥 미용실 갈 시간이 없어서요."

웃음을 터뜨리며 등을 두드리는 사람은 애슐리 콜이었다. 최고의 왼쪽 풀백. 이것 말고 그를 표현할 말이 또 있을까. 옆에 있는 체흐 또한 최고의 골키퍼였다.

그들과 가벼운 인사를 나눈 원지석은 무리뉴와 함께 걸었다. 먼저 말을 꺼낸 것은 무리뉴였다.

"프리시즌 경기 봤네. 잘하더군."

"뭘요. 조제는 어땠어요?"

"나야 바빴지. 세계 이곳저곳을 돌아다니느라. 축구판이 커진 건 좋은데 프리시즌에 이러는 게 좋을지는 의문이야."

필요한 일이긴 하지만.

그 말에 원지석이 쓴웃음을 지으며 더벅머리를 긁적였다.

축구판이 커질수록 들어오는 돈의 액수는 상상을 초월하게 된다. 당장 지난번 중계료만 하더라도 어마어마한 금액이 오 갔으니까.

프리시즌에 세계를 돌아다니며 투어를 하는 것도 그런 비즈니스의 일환이었다. 새로운 시장을 개척하며 더 많은 팬을 확보하기 위해서.

프로축구에서 돈은 매우 중요했다.

하지만 그와 반대로 이런 빡빡한 투어가 시즌을 준비하는 데 있어 좋을지는 의문이었지만.

"테리와 인사하는 걸 봤네. 솔직히 말해 때리진 않을까 조마조마했어."

"제가 양아치도 아니고, 공과 사는 구분해야죠."

"맞는 말이야. 공과 사는 구분해야지. 우리는 프로니까."

우리는 프로니까.

원지석은 말없이 고개를 끄덕였다.

*   *   *

시즌이 시작되었다.

첼시는 리그 첫 경기에서 헐 시티를 상대로 승리했고, 이후 두 경기에서 1승 1무를 기록했다.

무승부를 기록했던 맨체스터 유나이티드전에서 지루한 경기가 나왔기 때문에 팬들은 새로운 공격수 영입을 촉구했다. 며칠 전에 새로 영입한 윌리안은 2선에서 뛰는 선수지 스트라이커가 아니었기 때문이다.

그러던 중 UEFA 슈퍼 컵이 시작되었다.

지난 시즌 트레블을 이루며 챔피언스리그의 우승 팀인 바이에른 뮌헨과, 유로파 우승 팀인 첼시의 맞대결이.

이 두 팀의 대결은 세간의 많은 관심을 끌었다. 왜냐하면 지지난 시즌, 첼시가 챔피언스리그 우승이란 기적을 쓸 때 결승에서 만났던 팀이 바이에른 뮌헨이었기 때문이었다.

결과는 승부차기까지 가는 접전 끝에 첼시의 패배.

패배는 아쉬워도 꽤나 재미있는 경기였기에 쓰라린 속을 조금이나마 달랠 수 있었다. 하지만 이어진 영입 소식은 팬들의 고개를 갸웃거리게 하기 충분했다.

「[오피셜] 첼시 FC, 사무엘 에투 영입」

전성기는 화려했지만, 이제 나이가 들며 끝물이라는 이름

표가 붙은 공격수, 사무엘 에투의 영입 오피셜이 떴기 때문이다.

「[오피셜] 로멜로 루카쿠, 에버튼으로 임대 이적」

게다가 며칠 뒤, 첼시의 유망한 공격수인 로멜로 루카쿠가 임대로 떠났기 때문에 팬들의 혼란은 가중될 뿐이었다.

"임대로 보내달라던데."

원지석의 물음에 무리뉴는 그렇게 답했다.

루카쿠가 자신에게 찾아와 임대 요청을 했고, 무리뉴는 그것을 승낙했다는 이야기였다.

"괜찮겠어요?"

여러 가지 의미가 포함된 물음이었다. 팬들의 논란을 잠재울 수 있겠느냐, 지금 남은 공격수로 해낼 수 있겠느냐는.

"괜찮지 않을 건 또 뭐가 있겠나."

무리뉴는 쓰게 웃으며 훈련장에서 뛰고 있는 선수들을 보았다. 이번 시즌은 우승보다는 점검에 의의를 두기로 했다. 인터뷰에서 말했다시피 최선의 목표는 우승이 아닌 3위였다.

이렇게 해서 페르난도 토레스, 뎀바 바, 사무엘 에투라는 공격진이 완성되었다.

일명 토에바라는 최악의 공격진이 말이다.

　　　　　*　　　　　　*　　　　　　*

　첼시의 시즌은 예상대로 순탄치 못했다.

　시즌 전부터 문제점으로 지적되던 것이 그대로 발목을 잡은 것이다. 그중 공격진만큼이나 지적받은 점은 의외로 미드필더진이었다.

　부러진 척추.

　이제는 너무나 늙어버린 램파드와 두 개 이상의 명령을 받으면 오작동을 해버리는 하미레스. 거기다 유망주 시절에서 성장하지 않은 미켈까지. 이 세 명의 허리진이 가장 큰 문제였다.

　새롭게 영입한 젊은 미드필더 마르코 반 힌켈? 그는 시즌 초반부터 십자인대 부상을 당했기 때문에 족히 8개월은 나오지 못할 것으로 예상되었다.

　결국 무리뉴는 실리를 택했다.

　극단적인 수비로 승점만을 노리는 전술 말이다.

　그와 반대로 원지석의 유소년 팀은 자신들이 할 수 있는 축구를 마음껏 하는 중이었다.

　첼시 U18은 유소년 리그를, 말 그대로 '폭격'하고 있었으니까.

철썩!

"우와아오오오!"

골 망이 출렁이는 소리와 함께 킴이 괴성을 지르며 달리기 시작했다. 그리고 그대로 잔디 위에 무릎을 미끄러뜨리며 한 손으로는 경례를. 그의 우상인 드록바 특유의 셀레브레이션이었다.

킴은 전형적인 박스 투 박스(Box To Box), 일명 박투박의 미드필더였다. 왕성한 활동량으로 팀의 엔진이 되어 가끔은 이렇게 골을 넣기도 했다.

앤디는 플레이메이커였다. 그동안 흘린 땀은 거짓말을 하지 않는지 이제는 눈을 뜨면서도 어느 정도 괜찮은 플레이를 할 수 있게 되었다.

물론 그의 가장 큰 무기는, 데드볼에서 나온다.

오늘 경기에서 첼시 U18은 스완지 U18을 상대로 무려 6골이란 화력을 내뿜었는데, 그중 세 골이 앤디가 완성한 해트트릭이었다. 프리킥만을 차서 말이다.

"고생했다, 애들아."

원지석의 말에 쉬고 있던 아이들이 고개를 들었다. 이제는 그 눈에 나태함은 깃들어 있지 않았다. 그의 말을 들으면 어떤 효과가 있는지, 혹은 듣지 않을 경우 무슨 일이 생기는지 깨달았기 때문이다.

"내일 훈련은 없어. 푹 쉬고, 감자튀김이나 탄산음료 같은 건 먹지 말고."

가벼운 주의와 함께 오늘의 일정이 끝났다. 흩어지는 아이들 사이로 킴과 앤디의 모습이 보였다. 어깨동무를 하는 게 이제는 제법 친해진 모양이었다.

"고생하셨습니다."

"원, 이 뒤에 일 있으십니까?"

"약속이 있어요. 죄송합니다."

마지막으로 코치들과 인사를 나눈 원지석은 집으로 떠나지 않고 접대실로 향했다. 문을 여니 정장을 깔끔하게 입은 중년의 남성이 있었다.

오늘 잡은 약속.

그것은 이 남자와의 면담이었다.

만나서 무엇을 할지는 지금부터 알아볼 일이었고.

"반갑습니다. 원 감독님."

"그러니까, 스미스 씨?"

"네. 맞습니다."

스미스라 불린 남자가 웃으며 고개를 끄덕였다. 그의 직업은 에이전트. 선수들이나 감독들의 계약을 도와주는 남자였다.

"그래서 제게 무슨 볼일이?"

원지석의 태도는 그리 살갑지 않았다. 그가 왜 자신을 불렀는지 대충 예상이 갔기 때문이다. 자신과 계약을 하고 싶어서? 설마.

스미스는 첼시 U18의 선수와 계약을 맺은 에이전트였다. 그것도 벤치만 달구는 녀석의.

"제 고객님이 첼시의 유소년 팀에서 어떤 위치였는지는… 말하지 않아도 아실 거라 생각합니다."

원지석은 고개를 끄덕였다.

딱히 부정할 만한 것도 아니었다. 자신이 오기 전까지는 맞는 말이었으니까.

"하지만 지금은 경기에 나서지도 못하고, 심지어 훈련에도 제대로 참가하지 못하는 상황이라 하더군요. 제가 온 이유는 이것 때문입니다. 원 감독님, 이건 탄압입니다."

설마 이렇게 스트레이트로 나올 줄은 몰랐는지 원지석이 더벅머리를 긁적였다. 그러니까 이게 다 내 탓이라고?

"탄압이라고 했습니까?"

"그렇지요. 만약 이번 면담 이후로 나아지는 게 없다면 구단에 직접 클레임을 걸 생각입니다."

"흐음."

강하게 나오는 스미스를 보며 원지석은 가져왔던 가방을 열었다. 거기서 나온 것은 노트북이었다.

"스미스 씨, 혹시 당신의 고객이 훈련하는 걸 보신 적은 있습니까?"

곧 노트북에서 하나의 영상이 재생되었다.

그것은 스미스의 고객에 대한 영상이었다.

맨 처음은 프리시즌의 영상이었다. 의욕 없는 모습으로 경기장을 어슬렁거리는 게 눈에 띄었다. 경기에 선발로 들어갈 때나, 후반 80분에 교체로 들어갈 때나 말이다.

그다음은 훈련 영상이었다.

역시나 훈련에서도 그의 태도는 별다른 게 보이지 않았다. 코치가 무언가를 지시하면 귀찮다는 듯 짜증을 내는 모습이 잡힐 뿐이었다.

마지막 영상은 스미스의 얼굴이 붉게 물들어질 정도였다. 다름 아닌 원지석에게 싸움을 거는 모습이 담겨 있었으니까.

"글쎄요. 구단에 클레임을 걸어도 어느 편을 들어줄지 정말 모르겠군요. 혹여 계약 해지나 법적 소송 같은 것은 제가 아닌 구단과 상의하십시오."

스미스는 말이 없었다. 고객의 말만 듣고 왔을 텐데, 설마 이런 상황이었는지는 몰랐던 듯했다.

"면담은 이거면 충분한 거 같군요. 매우 유익한 시간이었습니다, 스미스 씨."

원지석은 노트북을 닫아 자신의 가방에 넣었다.

아무래도 먼저 나가줘야겠지. 자리에서 일어나 문을 향해 걸어가던 원지석이 무언가 떠오른 듯 멈춰 서선 뒤를 돌아보았다.

"그러고 보니 아까 탄압이라고 하셨습니까?"

흐음.

콧방귀를 뀐 그가 말을 이었다.

"좆이나 까십시오."

탁.

문이 닫힌 접대실 안에서 쾅 하는 거친 소리가 들렸다.

*   *   *

첼시 U18의 호조는 잉글랜드에서 멈추지 않았다.

UEFA 유스 리그.

일명 유소년 챔스라 불리는 국제 대항전이 이번 시즌부터 개최되었는데, 첼시 U18도 참가해 조별 예선을 치르는 중이었다.

유소년 챔스에서도 첼시 U18은 매우 좋은 활약을 펼쳤다. 3전 3승. 조별 예선의 반을 지난 지금까지 단 한 번의 패배 없이 승리를 거둔 것이다.

11월.

더운 여름을 지나 제법 추워질 시간이었다.

첼시 U18은 홈에서 독일 분데스리가의 클럽인 샬케04의 유소년 팀을 맞이했다.

유소년 팀들의 경기는 그 관심이 상대적으로 적을 수밖에 없었다. 그런 만큼 관중석은 한산했는데, 오늘은 그 관중들 사이에서 작은 소요가 일어났다.

"요크 부부야!"

"이런 유스 경기에 왜?"

자신을 알아보는 사람들에게 손을 흔들어주는 그들은, 테일러 요크와 알렉스 요크였다. 아들인 앤디의 경기를 보러 온 모양이었지만 대외적으로 알려진 사실은 아닌 듯했다.

원지석과의 만남 이후 요크 부부에겐 작은 변화가 생겼다. 그건 바로 중계로나마 앤디의 경기를 챙겨 본다는 거였다. 일이 바빠 라이브를 보지 못할 땐 녹화된 영상을 볼 정도로 관심을 가지고 있었다.

"와, 연예인이다."

킴의 중얼거림에 앤디가 딴청을 피웠다. 부모님에 관한 것은 팀 내에서도 비밀로 하던 중이었다.

"앗! 거기 당신!"

그때 높은 하이 톤의 목소리가 울렸다.

그 소리에 고개를 돌린 원지석이 눈을 크게 뜨고 말았다.

"또 만났네요!"

앤디의 누나인 캐서린.

그녀가 자신을 가리키며 웃고 있었다.

*　　　　　　*　　　　　　*

경기는 쉽게 풀리지 않았다. 1차전에서 호되게 당한 샬케 U19는 준비를 단단히 했는지 팽팽한 접전이 이어지고 있었다. 특히 앤디와 킴에 대해 많은 대비를 한 듯, 중원에서 치열한 싸움을 벌였다.

"아오!"

타이트한 압박에 킴이 짜증을 냈다. 볼을 뺏어내도 두세 명이 자신을 에워싸니 숨이 막힐 지경이었다.

거기다 앤디 역시 주변에 선수들을 달고 있었기에 선뜻 패스를 줄 수 없었다. 결국 킴은 백패스로 수비진에 공을 돌렸다.

"야! 뭐 해!"

중앙 센터백인 나단 아케가 버럭 소리를 질렀다. 그때를 노렸다는 것처럼 샬케의 선수들이 공을 향해 뛰었기 때문이다.

아케도 공을 향해 뛰었지만 샬케의 선수가 더 빨랐다. 그대로 아케를 제치며 치고 들어가니 다른 수비수들이 따라가기엔 너무나 빨랐다.

결국 슈팅 각도를 좁히기 위해 골키퍼가 튀어나갔다.

샬케의 선수는 당황하지 않았다. 굳이 강하게 찰 필요도 없이 살짝, 툭 밀어 넣는 것만으로 충분했다.

데구르르 구르는 공은 바깥쪽으로 휘어 들어가며 골라인을 넘었다. 골인 것이다.

"와아!"

샬케의 타이트한 중원 압박이 만들어낸 골이었다.

사실 가장 정석적인 대응법이기도 했다. 팀의 엔진인 킴을 막으며 앤디의 플레이마저 제동이 걸릴 수밖에 없었다.

"너희 정신 안 차려?!"

터치라인에 있던 원지석이 소리를 지르며 선수들의 정신을 일깨웠다. 겨우 한 골이다. 추격할 여지는 얼마든지 있었다.

"쪽팔리게."

우려하던 킴의 멘탈은 멀쩡해 보였다. 오히려 더 불타오르는 듯했다. 침을 퉤 뱉으며 상대 쪽을 노려보던 그는 이후 몸을 날리는 허슬플레이로 팀에 도움을 줬다.

결국 첼시 U18은 역전에 성공했다.

공격수 솔란케가 한 골을 넣고, 앤디가 프리킥 상황에서 골을 성공시키며 판을 뒤집은 것이다.

삐익!

주심의 휘슬 소리와 함께 경기가 종료되었다. 원지석은 샬케 U19의 감독과 악수를 나눈 뒤 아이들을 격려했다.

"잘했다."

평소 칭찬에 인색한 감독인 만큼 아이들은 자부심 넘치는 얼굴로 라커 룸에 돌아갔다.

그렇게 코치들과 마무리를 하던 원지석은 자신에게 다가오는 세 사람을 보고선 몸을 멈칫했다.

요크 부부와 캐서린이었다.

"오늘 고생하셨어요."

"뭘요."

원지석은 더벅머리를 긁적이며 대답했다.

"직접 와서 보는 것도 색다른 기분이네요. 확실히 더 일찍 올 걸 그랬습니다. 당신의 말처럼 앤디는 정말 많이 변했어요. 모두 원 당신 덕분입니다. 고마워요."

두 사람은 딱히 축구에 열광하는 사람들은 아니었다. 앤디의 이름은 생전 축구를 좋아하던 할아버지가 지어준 이름이었고. 그랬기에 더욱 소홀했을지도 몰랐다.

"저희는 이만 가보기로 할게요. 저희가 계속 있는 것도 그 아이에겐 부담으로 다가갈 수 있으니까요."

"다음에 봐요."

"아, 네. 조심히 들어가십시오."

요크 부부가 떠났다.

하지만 한 사람은 떠나지 않았다.

원지석은 자신을 계속해서 보는 캐서린을 향해 조심스레 물었다.

"따라가지 않으십니까?"

"아뇨. 볼일이 남아 있어서."

아마 동생인 앤디와 관련된 일이겠지. 그렇게 생각한 그는 슬며시 그녀를 보았다. 여전히 아름다운 사람이었다. 여름과는 색다른 옷차림도 눈에 띄었다.

허벅지를 걸치는 코트 안에는 스웨터와 핫팬츠가 보였다. 날이 추운 만큼 검은색의 스타킹을 입은 매끄러운 다리는 부츠로 마무리되었다.

'아.'

그러다 실수로 눈이 마주쳤다. 실례를 깨달은 원지석이 머뭇거릴 때 캐서린은 그런 그를 물끄러미 보았다.

"캐서린이라고 해요."

그러고 보니 자기소개를 하는 건 이번이 처음이었다.

"원지석이라고 합니다."

"좋아요, 원. 잠깐 실례 좀 할게요."

"네? 그게 무슨……."

어느새 다가온 캐서린이 손을 뻗었다. 원지석의 이마를 향한 그 손은 덥수룩한 앞머리를 위로 올렸다.

"잠깐, 이게 무슨!"

"흐음, 역시."

원지석이 당황하거나 말거나 캐서린은 고개를 끄덕였다. 이마에서 손을 뗀 그녀가 씨익 웃으며 말했다.

"이 뒤에 시간 있어요?"

아름다운 미소. 하지만 꿍꿍이를 알 수 없어 소악마를 떠올리게 하는 그런 미소였다.

*   *   *

그녀가 데려간 곳은 미용실이었다.

그것도 꽤나 번쩍번쩍한.

"저기… 여긴?"

손님용 의자에 앉은 원지석이 불안한 얼굴로 캐서린을 보았다. 그녀가 어깨를 으쓱이며 무어라 대답을 하려 할 때, 갑자기 등장한 사람으로 인해 대화는 끊어졌다.

"캐시!"

꽤나 화려하게 꾸민 여성이 캐서린을 꽉 껴안으며 소리쳤다. 캐서린도 웃으며 그녀의 등을 토닥여 주었다.

"오랜만이에요, 쉐릴."

"그러게. 요즘 바쁘다더니 이젠 시간 나는 거야?"

"겨우 한숨 돌릴 정도예요."

"그런데 이쪽은 누구? 설마 남자 친구야? 계집애, 바쁘다더니 할 건 다 하고 다니네."

짓궂은 쉐릴의 말에 물을 마시던 원지석이 사레가 들렸다. 괴로워하는 그 모습에 묘한 미소를 지은 캐서린이 등을 두드려 주며 답했다.

"흐음, 어떨까요?"

"캐서린?"

당황하는 원지석을 보며 배시시 웃은 캐서린이 자신의 말을 정정했다.

"장난이에요."

"그럴 줄 알았어."

소악마와 악마가 하나씩.

원지석은 이곳이 여우 굴이라는 걸 깨달았다.

"그래서 어떻게 해주면 될까?"

"일단 이 더벅머리부터 치는 게 어떨까요."

등을 두드려 주던 손이 이마를 향했다. 정리가 안 된 앞머리를 올리자 얼떨떨해하는 원지석의 표정이 보였다.

"좋은 생각이야, 캐시."

"저기, 잠깐."

"원? 당신은 어떻게 생각해요?"

여기서 자신의 의견을 물을 줄이야. 잠시 당황하던 원지석이 침착하게 물었다.

"꼭 해야 됩니까?"

"쉐릴의 실력은 보장해요. 이 사람 굉장히 뛰어난 미용사니까. 제가 아니면 예약으로 두 달은 기다려야 할걸요?"

"그런 문제가 아니라 왜 제가 머리를……."

"제 나름대로의 선물인데, 마음에 들지 않나요? 그래도 제가 잘 아는 건 이런 쪽이라."

선물? 뜬금없는 이야기였다. 자기가 선물을 받을 짓을 한 적이 있던가. 애초에 캐서린과는 그때 이후로 처음 만나는 거니까.

미심쩍은 원지석의 얼굴을 보며 캐서린이 밀어붙였다.

"이건 어때요. 마음에 들지 않을 경우엔 모든 비용을 제가 낼게요!"

"그럼 뭐."

원지석은 마지못해 고개를 끄덕였다.

그렇게 전혀 예상치 못했던 이발이 시작되었다. 눈을 감았음에도 머리를 만지는 현란한 손길을 느끼며 쉐릴이 지금까지 와는 전혀 다른 미용사라는 건 잘 알 수 있었다.

그리고 얼마간의 시간이 지난 후.

쉐릴은 자신의 작품이 마음에 드는지 자부심 넘치는 얼굴로 고개를 끄덕였다.

"역시!"

뒤에서 지켜보던 캐서린 역시 박수를 치며 좋아했다. 아직 안경을 쓰지 않았기에 원지석은 그녀들이 왜 그런 반응을 보이는지 알 수 없었다.

머리를 감은 뒤 헤어 드라이기로 말린 후에야 안경을 쓴 그가 부끄럽다는 듯 볼을 긁적였다.

거울 속의 남자가 얼떨떨하단 얼굴로 볼을 긁적이고 있었다.

아니, 현실 부정은 여기까지.

전혀 다른 모습이 된 원지석이 말이다.

더벅머리를 짧게 정리한 후 왁스로 깔끔하게 정돈하니 전혀 다른 사람이 되어 있었다.

"마음에 들어요?"

"네, 그러네요."

인정할 수밖에 없는 변화에 원지석이 고개를 끄덕였다. 그러자 캐서린이 다행이라는 듯 안도의 한숨을 쉬었다.

"그런데 여기 얼마죠?"

"됐어. 이미 캐시가 계산했으니까."

머리칼이 지저분하게 묻은 장갑을 벗으며 쉐릴이 답했다.

시선이 캐서린에게 옮겨지니 그녀는 씨익 웃으며 원지석의 손을 잡아당겼다.

"바로 가죠!"

"또 갈 데가 있습니까?"

"많아요! 쉐릴, 이만 가볼게요!"

사라지는 두 남녀를 보며 쉐릴이 묘한 미소를 지었다. 청춘이다, 청춘. 그동안 일에 정신없이 몰두하던 캐시를 생각하면 의외긴 했으나.

"그나저나."

쉐릴은 바닥에 흩어진 머리칼들을 보며 미간을 찌푸렸다.

"우리 집 캔디도 털갈이를 할 때 이 정도는 아니었는데."

캔디는 그녀가 키우는 강아지 이름이었다.

*   *   *

원지석은 그녀를 따라다니며 진이 빠지는 걸 느꼈다. 체력적으로는 자신 있었지만 그만큼 캐서린의 쇼핑은 상상을 초월했다.

"역시."

손가락으로 카메라 흉내를 내며 원지석을 훑은 캐서린이 만족스럽게 고개를 끄덕였다.

상의와 하의를 한 벌씩. 앤디의 말처럼 패션 쪽에서 일하는 사람답게, 패션에 대해 잘 모르는 원지석이 보아도 꽤나 예쁘다는 느낌을 주었다.

"꾸미니까 전혀 다른 사람 같네요."

"이렇게까지 걸릴 거라곤 상상하지 못했는데 말이죠."

원지석이 피로한 얼굴로 중얼거렸다.

쇼핑을 최소한의 시간으로 끝내는 걸 선호하는 원지석에겐 기진맥진하기에 충분한 시간이었다.

"그래도 그만한 가치가 있잖아요?"

그렇게 말하며 웃는 캐서린의 모습은 활기가 넘쳤다. 그러던 그녀가 갑자기 눈살을 살짝 찌푸리며 원지석을 지긋이 보았다.

"무슨 문제 있습니까?"

"문제라기보다는, 흐으음."

무언가 아쉬운 것일까? 캐서린이 손으로 턱을 괴며 묘한 소리를 내었다.

"뭐, 다음에 생각하기로 하고. 슬슬 저녁 먹으러 갈까요? 자주 가는 곳이 있는데."

"저녁이요?"

"네. 혹시 약속 있어요?"

항상 혼자 먹는 게 일상인 사람한테 그런 게 있을 리가. 고개를 젓는 그를 보며 캐서린이 앞장섰다.

"가요. 맛있는 곳 알아요."

그렇게 해서 도착한 곳은 수제 햄버거 집이었다.

자기 앞에 놓인 큼지막한 햄버거 세트를 보며 원지석이 시선을 옮겼다. 눈을 밝게 빛내는 캐서린이 물수건으로 손을 닦고 있었다.

시선을 느낀 그녀가 고개를 갸웃거렸다.

"혹시 햄버거 싫어하세요?"

"아니, 좋아해요."

잠시 말을 잊은 이유는 눈앞의 음식이 그녀의 이미지와는 다른 음식인 게 컸다. 느낌상으로는 비싼 레스토랑에서 스테이크를 썰 것 같았으니까.

하지만 익숙하게 주문을 하는 모습부터 이곳을 자주 온 사람이라는 게 느껴졌다. 적어도 단골집이란 말은 거짓이 아닌 듯했다. 복스럽게 먹는 그녀를 보며 원지석이 피식 웃었다.

"그래서 오늘 저에게 왜 이렇게까지 해주신 겁니까?"

식사가 끝난 후.

원지석은 에이드로 목을 축이는 캐서린에게 물었다.

사실 처음부터 이해가 가지 않았던 게 그거였다. 왜? 캐서린은 이 모든 게 선물이라고 했다. 그런데 자신은 그녀에게 선물을 받을 행동을 하지 않았다. 애초에 이게 첫 만남이라 할 수 있었으니까.

"혹시 별로였나요?"

조심스러운 그녀의 물음에 원지석이 고개를 저었다.

선물이 마음에 들지 않는 게 아니다. 당장 지금 입고 있는 옷만 하더라도 꽤나 고가의 것이었다. 그녀가 신경을 꽤 많이 썼다는 걸 느끼기엔 충분했다.

"좋아요. 좋아서 문제죠. 저는 이런 것을 받을 이유가 없으니까요."

"원한테는 별거 아닐 수 있는데, 저한테는 중요한 거라서요."

캐서린이 이야기를 시작했다.

예상했다시피 화두는 앤디였다.

사실 앤디와 부모님 사이엔 서로 이해할 수 없는 벽이 있었다. 내성적인 앤디와 좀 더 솔직해지기를 바라는 부모님 사이에선 좀처럼 좁혀지지 않는 틈이 있었다.

사이가 나쁜 건 절대 아니다. 서로를 존중하고, 인정하지만 점점 대화가 없어지는 셋을 보며 캐서린은 계속해서 묘한 기분을 느꼈다.

그런 아이가 첼시라는 거대 구단에 입단했다.

변화는 거기서부터였다.

서로 관심을 가지며 조금씩 바뀌어가는 집이 눈에 보였기 때문이다.

"모두 당신 덕분이에요, 원."

원지석이 앤디를 가르치며 앤디가 변했고, 부모님과 대화를 나눈 뒤엔 부모님 또한 변했다.

그래서 캐서린은 그에게 보답을 하고 싶었다. 자기가 할 수 있는 최선의 방법으로.

저녁을 마지막으로 그와 그녀는 헤어졌다.

"아, 혹시 개인적인 코디 같은 걸 맡기고 싶다면 전화하세요."

그렇게 말한 캐서린이 스마트폰을 만지작거리자 원지석의 주머니에서 진동이 울렸다. 슬쩍 화면을 보니 거기엔 모르던 번호와 처음 보는 이름이 적혀 있었다.

[캐시]

"또 봐요."

캐시는 웃으며 손을 흔들었다.

*　　　　*　　　　*

시즌 전반기가 끝났다.

첼시 U18은 여유롭게 유소년 챔스 조별 리그를 1위로 통과했다. 본격적인 토너먼트는 2월부터 시작하니 그때까진 여유로운 상황이라 할 수 있었다.

반면 유소년 팀과 달리.

첼시 1군은 혼란스러운 상황이었다.

「[오피셜] 후안 마타, 맨체스터 유나이티드로 이적」

첼시 올해의 선수를 2연속 수상한 마타가, 팀을 떠난 것이다.

                    *   *   *

마타의 이적은 많은 반향을 불렀다.

앞서 유망주 데 브라이너의 이적도 논란이 있었지만 이 정도까진 아니었다.

블루스에게 마타란 그런 존재였다. 잦은 감독 교체와 선수들의 기량 저하로 팀이 침체되었을 시절, 묵묵히 팀을 이끌었던 선수인 것이다. 그것도 같은 리그인 맨체스터 유나이티드로의 이적은 더욱 많은 말을 불렀다.

한 명의 유망주와 한 명의 슈퍼스타가 떠났다.

이번 일로 무리뉴는 많은 비판을 받았음에도, 그에 못지않게 상황을 이해해야 한다는 의견이 주류를 이루었다.

말 그대로다. 상황이 그랬다.

우선 첼시는 2선에 너무 많은 선수를 보유하고 있었다.

주전 멤버인 아자르, 오스카는 빠질 수 없는 핵심이었고, 새로 영입된 윌리안과 쉬얼레는 남은 한 자리를 경쟁하며 새로운 옵션이 되었다.

그에 반해 두 명은 벤치에 있던 선수였다.

만약 다른 때였다면 조금 더 기다리며 기회를 노릴 수 있었겠지만 문제는 곧 열릴 월드컵이었다.

「[BBC] 경기에 뛰지 못하는 선수가 뭘 보여줄 수 있는가?」

「[스카이스포츠] 벤치에만 있는 잉글랜드 국가대표 선수들에게 우려를 표하다!」

국가대표에 뽑히기 위해선 경기를 뛰어야 했다. 그랬기 때문에 팬들도 떠나고자 하는 선수들을 이해했다.

무엇보다 데 브라이너를 팔며 데려온 선수인 네마냐 마티치의 활약이 팬들의 불만을 잠재울 수 있었다.

이적하자마자 핵심 선수로 중용된 마티치는 혼자서 미드필더진의 퀄리티를 바꿀 정도로 뛰어난 활약을 보였기 때문이다.

그렇게 시즌은 계속되었다.

수비와 미드필더진을 보강했지만 첼시는 계속해서 극심한 빈공에 허덕였다.

의외인 점은 가장 늙은 공격수 사무엘 에투가 선방하고 있다는 점. 물론 다른 공격수들이 부진했기에 가능한 일이었다.

문제는 챔피언스리그였다.

이적하기 전 벤피카에서 챔피언스리그를 뛴 마티치는 이후 토너먼트에서 첼시 소속으로 뛸 수 없었다. 그랬기에 부실한 미드필더진이 고쳐진 것은 리그 한정이었다.

"대책을 강구해야지."

무리뉴는 태블릿 PC를 보며 중얼거렸다.

영상 속에는 프리킥을 찰 준비 중인 앤디의 모습이 보였다.

＊　　　　＊　　　　＊

"감독님? 오늘 할 일이라는 게 뭐예요?"

텅 빈 훈련장. 트레이닝복을 입은 앤디가 고개를 갸웃거리며 물었다. 태블릿 PC를 만지작거리던 원지석이 시간을 확인하곤 답했다.

"오늘부터는 특별한 선생님이 함께할 거야."

"선생님이요?"

"저기 오는구나."

원지석이 턱짓으로 가리키는 곳엔 한 명의 남자가 걸어오고 있었다. 그 얼굴을 확인한 앤디의 눈이 크게 떠졌다.

프랭크 램파드.

첼시의 살아 있는 전설이자, 미드라이커로 불릴 정도로 득점력이 뛰어난 미드필더. 그가 앤디를 위한 튜터링 선생님으로 온 것이다.

"감독님?!"

깜짝 놀란 앤디를 뒤로하며 앞으로 나아간 원지석이 램파드에게 말했다.

"바쁘신데 감사해요."

"이 정도 가지고 뭘."

램파드가 고개를 돌려 앤디를 보았다. 노장을 앞에 둔 꼬마는 바짝 얼어 눈조차 제대로 마주치지 못하고 있었다.

무리도 아니다. 앤디가 아직 그 잠재성을 발휘하지 못하던 쭈구리 시절, 램파드라는 미드필더는 항상 꿈에 그리던 선수였으니까.

"잘 부탁한다."

"자, 잘 부탁해요!"

그렇게 앤디의 튜터가 시작되었다.

원지석은 이번 튜터가 기술적인 부분 말고 멘탈적으로도

도움이 되길 원했다.

"중요한 건 자신감이야."

가장 기본적인 말이다. 사실 앤디도 많이 들었던 조언이고. 그러나 그 말을 누가 해주냐에 따라 다르게 다가올 수 있었다.

"내 이야기를 해주마. 선수 생활을 시작하던 때였지. 그때 내가 욕을 엄청 먹은 걸 알고 있니?"

"정말요?"

피식 웃은 램파드가 고개를 끄덕였다.

"뚱뚱하다는 게 그 이유였지. 그때는 참 힘든 시기였어. 거기다 낙하산이라는 욕도 많이 먹었지."

램파드가 웨스트햄에서 데뷔할 당시, 그의 삼촌인 해리 레드냅은 팀의 감독이었다. 사람들은 몸이 둔해 보이는 유망주를 의심했다. 혈연 때문이라며 욕을 하는 사람도 있었다.

"혈연? 아니, 오히려 난 녀석에게 기회를 덜 주고 있는 거야. 내가 장담하는데 램파드는 톱클래스 선수가 될 수 있어."

당시 해리 레드냅의 말을 믿는 사람은 아무도 없었다.
하지만 그 말은 현실이 되었다.
통산 211골.

미드필더 중 프리미어리그에서 가장 많은 골을 넣은 사나이, 그리고 첼시 역사상 가장 많은 골을 넣은 전설.

둔해 보인다며 비판을 받던 소년은 자신에게 주어진 환경을 극복했다. 램파드는 눈앞의 앤디를 보며 어릴 때의 자신을 느꼈다.

재능은 있다.

하지만 그 재능을 꽃피우지 못하면 도태될 뿐이다.

"너는 그때의 나를 보는 거 같구나. 아니, 그때보다 더 겁에 질려 있어."

오죽하면 눈을 감았을 때의 플레이가 더 좋겠는가. 바로 옆에 킴이라는 파트너가 앤디를 보조해 주지만 그것만으로는 부족했다. 한 사람 몫의 선수가 되려면 자신의 약점을 극복해야만 한다.

"서두르지 않아도 괜찮아. 차근차근 나아지면 되니까."

램파드의 말에 앤디는 멍하니 고개를 끄덕였다.

'괜찮은 거 같군.'

대화를 나누는 둘을 보며 원지석은 다른 한 녀석을 떠올렸다. 킴. 지금쯤 복싱 체육관에 있을 녀석을.

처음 복싱 체육관에 킴을 데려갈 때만 하더라도 녀석은 왜 자신이 여기에 있는지를 이해하지 못했다. 딱히 틀린 말은 아니었다. 축구와 복싱은 크게 관련 있는 스포츠가 아니었으니까.

그게 공을 다루는 기술이라면 맞는 말이었다.

하지만 신체는 달랐다.

복싱을 배우며 얻을 수 있는 체력, 맷집, 반사 신경은 훗날 프로 무대에 데뷔할 때 중요한 자산이 될 것이다.

거기다 원지석은 트레이너에게 특이한 조건을 하나 추가했는데, 그것은 머리를 때리지 않는 거였다.

툭툭 치는 정도면 괜찮았다. 하지만 강한 펀치는 뇌에 심각한 부담을 준다. 그렇기에 원지석은 선수들을 훈련시킬 때에도 헤딩 역시 제한적으로 하는 편이었다.

'잘하고 있으려나.'

부르르.

때마침 느껴진 진동에 원지석은 스마트폰을 꺼냈다. 킴을 맡긴 체육관의 트레이너에게서 온 문자였다.

'호랑이도 제 말 하면 온다더니.'

설마 킴이 사고를 친 건 아니겠지. 그런 생각을 하며 문자를 확인한 원지석이 피식 웃으며 스마트폰을 다시 주머니에 넣었다.

[이 녀석 복싱으로 전향시키면 안 됩니까?]

뭐, 아무래도 좋은 이야기였다.

       *   *   *

시간은 계속해서 흘렀다.

유소년 챔스도 토너먼트가 시작되었다.

첼시 U18은 16강에서 밀란 U18을 꺾고, 8강에서 샬케 U19를 다시 만났다.

조별 예선에서 이미 만났던 만큼 샬케 U19은 조직력은 단단했다. 결국 고전 끝에 승리를 따내고 준결승전으로 올라가게 되었다.

4강에서 만난 상대는 바르셀로나.

바르셀로나의 유스는 농장이라는 뜻인 라 마시아라 불릴 정도로 정상급인 팀이었다. 최근 한국인 유망주들이 활약하며 유소년 쪽 소식도 한국에 알음알음 전해질 정도였다.

그리고 상대편인 첼시 U18의 감독이 축구 커뮤니티에서 작게나마 화제가 되었다.

―야 첼시 유소년 감독 한국인이다ㄷㄷㄷ

―그러네. 선수 출신도 아닌데? 기록 보니 이번이 다시 복귀한 거라 첼시 짬밥도 좀 되는 거 같고.

한국 선수들이 유럽 리그에서 뛴다는 게 낯설지 않은 시대였다. 하지만 지도자 영역에선 달랐다. 아직까진 중국이나 일본 같은 아시아 쪽이 한계였으니까.

—유소년 팀 전적 보니까 리그랑 챔스에서 폭격 중인데??

첼시 U18의 성적도 새삼 화제가 되었다.

그렇게 유소년 챔스 4강전은 점점 많은 관심을 끌었다.

문제는 국내 중계가 없다는 거였다. 해외 사이트로 우회하는 사람도 있었지만 그런 사람은 극소수였고. 결국 작게나마 화제가 된 원지석에 대한 이야기는 그대로 끝이었다.

그런 사실을 모른 채 원지석은 경기를 준비하고 있었다.

바르셀로나 U19의 감독과 악수를 나눈 뒤 자신의 벤치로 돌아간 그는 코치들과 의견을 나누었다.

"애들 몸 상태는 어때요?"

"나쁘지 않습니다. 거기다 큰 경기를 앞두고 킴 녀석이 다시 나와서 다행이군요."

조별 예선부터 옐로카드를 꾸준히 누적한 킴은 결국 출장 정지로 인해 샬케전을 뛰지 못했다. 그 대가로 더욱 힘든 경기를 치러야 했지만, 오늘은 다르다.

복싱을 배운 킴의 몸은 단련되었다는 느낌을 주었다. 탄력적이고 단단하다. 확실히 원지석의 지시는 틀리지 않았다.

"준비됐어?"

원지석의 물음에 점프를 하며 몸을 풀던 킴이 고개를 끄덕였다.

"물론! 메시가 와도 막을 수 있을 거 같은데?"

"헛소리하는 걸 보니 걱정할 필요는 없겠고. 저기 저 녀석 보이지?"

그 손가락이 가리키는 것은 바르셀로나의 선수 중 한 명이었다. 킴이 오늘 죽어라 막아야 할 상대이기도 했다.

무니르 엘 하다디.

이미 바르셀로나 U19 팀에선 독보적인 존재였다. 얼마 안가 1군 스쿼드에 포함되리란 예측이 많을 정도로 그 잠재성은 확실한 유망주.

그 잠재력은 거짓이 아니라는 듯 이번 대회에서도 많은 골을 넣으며 자신의 존재감을 알리고 있었다.

"저 새끼 저거 별거 아니야. 측면으로 빠지는 것만 잘 막으면 허수아비로 만들 수 있어. 할 수 있지?"

"물론."

씨익 웃는 킴을 보며 원지석이 등을 한 번 두들겼다.

그렇게 경기가 시작되었다.

유소년 팀이라지만 바르셀로나의 색깔은 확실했다. 패스를 통한 점유율 축구. 티키타카로 불리는 플레이가 그것이었다.

확실히 그 플레이는 위협적이다. 하지만 원지석은 나름의 대응법을 준비했는데, 바로 이번 시즌 돌풍을 일으키고 있는 AT 마드리드의 전술이었다.

강한 압박과 빠른 공수 전환.

이미 AT 마드리드가 챔피언스리그 8강전에서 바르셀로나를 꺾으며 그 실마리를 제공한 상황이었다.

심지어 앤디마저 우선적으로 수비에 참여하며 압박을 가했다. 많은 경험을 쌓은 1군과는 다르게 유소년 팀은 처음 느껴보는 수준 높은 압박에 당황하는 모습이 역력했다.

"어딜 가, 인마!"

킴은 오늘 무니르의 꿈속에 나오지 않을까 싶을 정도로 계속해서 그의 뒤를 쫓았다. 무니르의 특기인 측면에서 파고 들어가는 거나, 측면으로 빠지는 플레이를 커버하며 숨통을 조였다.

공을 뺏은 뒤에는 모든 선수들이 빠르게 공격을 하기 위해 몸을 움직였다.

'아.'

앤디에게 공을 주려던 킴이 멈칫했다.

상대 팀 녀석들이 어느새 앤디 옆에서 견제를 하는 모습이 보였다. 녀석의 발끝에서 나오는 패스가 상당히 위협적이라는 걸 바르셀로나도 숙지한 것이다.

'어떡하지?'

킴은 당황스러웠다. 이미 다른 녀석들은 롱패스를 받기 위해 저 멀리 뛰어가는 상황이었다.

"달려!"

그때 원지석의 외침이 킴을 일깨웠다.

슬쩍 고개를 돌리니 원지석이 크게 몸짓하며 상대방의 진영을 가리켰다.

"아!"

신기한 일이었다. 정신이 멍했지만 몸은 이미 그의 지시를 따라 달리고 있었다.

사실 이번 대회에서 킴은 직접 공을 끌고 나간 적이 없었다. 그랬기에 킴의 돌파는 상정하지 못한 듯, 깜짝 놀란 바르셀로나 선수들이 달려들었지만 늦은 상황이었다.

킴은 이미 페널티박스 근처까지 도착했기 때문이다.

"차!"

원지석의 외침.

그 말을 듣자마자 킴은 슈팅을 하기 위해 다리를 들었다.

쾅!

수비수들이 몸을 날렸지만 이미 공은 높이 날아올라 골문을 향해 쏘아졌다.

철썩!

강하게 쏘아진 슈팅이 골 망을 찢어발기듯 흔들었다.

*　　　　　*　　　　　*

"우아아아와오!"

골이 들어간 것을 확인한 킴이 알 수 없는 괴성과 함께 달리기 시작했다. 자신을 껴안으려는 동료들을 피하며 도착한 곳은 원지석 앞이었다.

"뭐야?"

굳은 얼굴로 자신의 앞에 서 있는 킴을 보며 원지석이 얼떨떨한 얼굴로 물었다.

대답 대신 킴은 손을 내밀었다. 악수 셀레브레이션인가 싶어 마주 손을 내미니 순간 화끈한 통증이 느껴졌다.

짜악!

차지게 손바닥을 때린 킴이 몸을 돌렸다. 악수가 아니라 하이 파이브를 하고 싶었던 모양이었다. 얼얼한 손을 털며 원지석이 인상을 찌푸렸다.

다시 그라운드로 복귀하던 킴이 욱신거리는 손바닥을 보았다. 처음 겪어보는 느낌이었다. 원지석의 말에 움직이는 몸은 마치 게임 속 캐릭터 같기도 했다.

'녀석들도 이랬나.'

예전, 킴은 확 변했던 런던시티즌을 보며 이해가 가질 않았다. 어떻게 감독이 바뀌었다고 저렇게 달라질 수가 있었을까. 전술만이 아니라 팀원 개개인이 전혀 다른 사람이 되어 있었다.

'지금은 알 거 같네.'

그때 했던 말.

나를 따라오고, 내 말을 따르면 전혀 다른 선수가 될 수 있다던 그 말.

원지석은 거짓말을 하지 않았다.

"후우."

킴이 한숨을 쉬며 머리를 긁적였다.

이제는 안다. 자신이 얼마나 큰 행운을 잡았는지.

그랬기에 아직 부족함을 느꼈다. 더 높은 곳에 올라가고 싶다. 자신이 어디까지 갈 수 있는지 끝을 보고 싶었다. 담금질을 하듯 한계를 시험하고 싶었다.

킴이 자신을 노려보는 바르셀로나 선수들을 향해 이를 드러내며 웃었다. 그게 누군가를 떠올리게 해 옆에 있던 동료들이 흠칫하며 놀랐지만 무슨 상관인가.

"느덜, 내가 다 씹어 먹는다."

삐익!

주심의 휘슬 소리와 함께 킴이 땅을 박찼다.

*   *   *

경기가 끝났다.

스코어는 1 : 0.

킴이 넣은 골은 결승골이 되어 첼시 U18이 결승전에 올라
가게 되었다.

오늘 킴의 활약은 골을 넣는 것에서 멈추지 않았다. 활발한
움직임으로 쉬지 않고 압박하여 상대 팀의 숨을 조이게 했다.
어디서든 그 모습이 보일 정도였다.

그저 운이 좋은 게 아니었을까 하는 의문도 금세 종식되었
다. 녀석의 활약은 이후 리그에서도, 컵 대회에서도 멈추지 않
았기 때문이다.

백미는 벤피카 U19와의 결승전이었다.

혼자서 벤피카의 중원을 말 그대로 씹어 먹고선 팀을 우승
으로 이끈 킴의 활약은 찬사를 받기에 충분했다.

"뭔가 한 꺼풀을 벗은 느낌이군요."

코치의 말에 원지석이 고개를 끄덕였다.

확실히 시즌 말미에 이어진 킴의 활약은 각성이라 해도 좋
을 정도였다. 정확히는 바르셀로나전부터 그랬다. 강한 팀을

만날수록 성장하는 걸까?

어찌 됐든 나쁠 게 없는 이야기였다.

UEFA 유소년 챔스를 우승한 첼시 U18은 곧 잉글랜드 유스 리그마저 우승하며 더블을 이루었다.

부임 후 첫 시즌이란 것을 감안하면 뛰어나다 할 수 있었지만 아직 남은 게 있었다.

유스 FA컵.

이것마저 우승하면 트레블을 이룰 수 있는 것이다.

물론 프로 세계의 트레블과 유스 세계의 트레블은 다르다. 하지만 낮게 잡을 이유 또한 없다. 우승은 하면 할수록 목이 마른 법이었다.

원지석이 태블릿 패드로 전술을 준비할 때였다.

부르르.

주머니 속에서 느껴진 진동 때문에 스마트폰을 꺼내보니 전화가 오고 있었다. 그 이름을 확인한 원지석의 눈이 크게 떠졌다.

[캐시]

캐서린이었던 것이다.

원지석은 순간 머릿속으로 그녀를 떠올렸다. 그때 이후로 둘의 연락이 아예 없던 것은 아니었다. 간간이 안부나 잡담을 나누기도 했으니까.

"뭡니까? 여친?"

"아닙니다."

누군가의 말에 원지석이 고개를 저으며 잠시 자리를 피했다. 사람이 뜸한 곳에 가서야 목을 가다듬은 그가 전화를 받았다.

"여보세요?"

—여보세요? 너무 오래 걸려서 나중에 다시 걸까 했어요! 혹시 지금 바쁜가요?

"아니, 아닙니다."

방금까지 코치들과 함께 FA컵 대비 전술을 짜고 있었지만. 멀리서 손짓하는 코치들에게서 고개를 돌린 그가 물었다.

"그런데 무슨 일로 전화를?"

—아! 원 씨, 인터뷰가 잡혔다면서요?

"누구에게 그 소리를… 아니, 아닙니다."

보나마나 앤디일 것이다. 낯을 가릴 때는 몰랐지만 소년은 꽤나 수다쟁이였다.

"별거 아닌 일입니다. 거기다 시즌이 끝난 다음에 하는 거라 아직 시간이 남기도 했고요."

—그래도 생애 첫 인터뷰인데 설마 아무것도 꾸미지 않고

나가실 건 아니죠?

"제가 모델도 아닌데……."

―무슨 말씀을! 역시 전화해 보길 잘했네요. 처음 찍힌 사진이 평생을 따라가는 법인데 그러면 안 돼요!

원지석은 말없이 그녀의 말을 계속해서 들었다.

이상한 일이지. 요 몇 달 동안, 캐서린은 원지석이 함부로 대하기 어려운 사람이 되었다. 만약 첫 만남 때 이랬다면 그냥 전화를 끊었을 텐데.

'설마.'

자신의 추측을 저 멀리 밀어낸 원지석이 겨우 답했다.

"지금은 준비 중인 게 많아서 대답하기가 좀 그렇군요. 시즌이 끝나고 나서 다시 전화드리죠."

―정말이죠? 저번처럼 또 무시하는 거 아니죠?

예전에 실수로 그녀의 연락을 무시한 적이 있었다. 그 일을 말하자 원지석이 식은땀을 흘리며 대답했다.

"네. 그럼 이만."

전화를 끊은 원지석이 말없이 스마트폰의 검은 화면을 보았다. 묘하게 들뜬 자신의 얼굴이 보였다.

"착각은 흑역사를 만드는 주된 원인이지."

그래도 약속을 한 이상 마냥 무시하기도 그랬다. 더군다나 그녀에겐 많은 배려를 받았으니.

"이렇게 하자."

결국 그는 자신만의 조건을 세우기로 했다.

유스 FA컵을 우승하면 전화를 하기로.

*   *   *

그리고 대망의 유스 FA컵 결승전.

첼시 U18은 노리치 U18을 상대로 여유롭게 승리를 거두었다.

결국 모두가 알게 모르게 신경을 쓰던 트레블을 이룩한 것이다.

"와아아!"

사람으로 가득 찬 관중석에서 함성 소리가 터졌다. 결승전인 걸 감안해도 꽤 많은 수의 팬들이 경기장을 찾았다. 지난번에 있던 UEFA 유스 리그보다 더 많은 사람들이 찾아올 정도로.

그만큼 트레블이란 의미는 적지 않았다. 적어도 원지석은 자신의 이름을 블루스들에게 새기는 데 성공했을 터였다.

"하나, 둘, 셋!"

킴의 삼창과 함께 원지석이 트로피를 높이 들었다. 유스 대회인 만큼 트로피는 작았지만 무슨 상관인가. 그들은 함성 소리와 함께 방방 뛰며 우승을 만끽했다.

관객들이 떠나고, 선수들은 부모님이나 친한 이들과 사진을 찍는 시간이 시작되었다.

한국에서 올 사람도 없는 데다 친한 사람도 없었기에 원지석은 사진을 찍어주는 데 시간을 보냈다. 킴과 어머니의 사진까지 찍어준 그가 주위를 둘러보니 앤디의 모습은 보이지 않았다.

'그러고 보니.'

원지석은 슬쩍 자신의 스마트폰을 꺼냈다.

'전화해야 하나.'

순간 캐서린의 얼굴이 떠올랐다. 하지만 이내 혀를 차며 스마트폰을 다시 주머니에 넣었다.

"뭐 해요?"

하지만 바로 옆에서 들린 목소리에 원지석의 눈이 크게 떠졌다. 주변이 너무 소란스러운 나머지 누가 오는지도 알지 못했던 것이다.

그녀는 캐서린이었다.

정확히는 요크 가족이었지만, 원지석은 그녀의 푸른 눈동자에게서 눈을 뗄 수 없었다. 하늘같이 맑으면서도 반짝이는 그 눈동자를.

자신을 물끄러미 보는 원지석이 이상했던지 캐서린이 고개를 갸웃거리며 말했다.

"뭐 묻었나요?"

"아니, 아무것도 아닙니다."

싱거운 사람. 배시시 웃던 그녀가 자신의 스마트폰을 꺼내며 물었다.

"그것보다 기념으로 사진 어때요?"

순간 단둘이 찍자는 건가 싶었지만, 그 뒤에 있는 킴과 앤디를 보고선 다른 뜻이라는 걸 깨달았다.

'내가 무슨 생각을.'

자신답지 않다며 자조한 원지석이 아이들을 불렀다.

왼쪽에 떨떠름한 얼굴의 킴이, 오른쪽에는 수줍어하는 앤디가. 그 뒤에 있던 원지석은 둘의 어깨에 손을 올리며 미소를 짓고 있었다.

"그럼 찍을게요!"

찰칵 하는 소리와 함께 그녀가 방금 찍은 사진을 확인했다. 괜찮게 나왔는지 보여준 화면에는 어색한 표정의 남자 셋이 찍혀 있었다.

원지석은 자신의 스마트폰으로 전송된 사진을 보며 피식 웃음을 터뜨렸다. 누가 이 녀석들을 보며 주목받는 유망주라는 생각을 할까.

'그래도 잘 버텼어.'

아니, 잘 버텼다는 말로는 부족했다. 이 녀석들의 첫 모습을 생각하면 환상적이란 말이 어울릴 것이다. 생각보다 빠르게 성장했고, 더 좋은 시너지를 발휘했다.

내년에도 이 사진을 다시 찍을 수 있을까.

요즘 축구계는 많은 돈이 오가지만 그만큼 감독의 목숨은 파리 같다고 할 수 있었다.

유소년 감독도 피해 갈 수 있는 이야기는 아니다. 무리뉴가 잘린다면 가장 먼저 짐을 싸야 할 건 원지석이 될 테니까.

"우리도 사진 한번 찍죠!"

"네?"

멍하니 대답할 때 갑작스레 옆구리를 파고드는 손이 느껴졌다. 흠칫 놀란 원지석이 고개를 돌리자 캐서린이 어느 한쪽을 향해 손을 흔드는 게 보였다.

스마트폰을 들고 있는 앤디였다.

"셋 하면 찍을게요!"

"아니, 잠깐."

"하나! 둘!"

찰칵!

심지어 둘에서 찍어버리는 상황에 사진 속 원지석은 당황함이 가득했다. 옆에 있는 캐서린의 밝은 웃음과는 대조적인 사진이었다.

"아하하, 잘 나왔네요."

캐서린은 사진을 보며 퍽 만족스러운 듯했다.

손바닥으로 얼굴을 가린 원지석이 애원하듯 말했다.

"지워주십시오."

"왜요? 마음에 드는데."

"저는 아니니까요."

"흐음, 대신 조건이 있는데."

스마트폰으로 입가를 가린 그녀가 묘한 미소를 지었다.

"전에 말한 인터뷰 관련 코디. 아직 안 정하셨죠?"

소악마를 떠올리게 하는 웃음이었다.

＊　　　＊　　　＊

결국 인터뷰 날이 다가왔다.

아침부터 원지석은 쉐릴의 미용실에 불려갔다.

"그동안 미용실 한 번도 안 갔어요?"

그의 머리를 본 쉐릴이 어이가 없다는 듯 중얼거렸다. 이곳에서 원지석의 머리를 자른 게 벌써 몇 달이다. 하지만 그는 다시 그때의 덥수룩한 머리가 되어 있었다.

"어쩌다 보니……."

"어쩌다가 두 번이면 히피족이 되겠어요. 캐시는 뭐 하는 거람. 자기 남자가 이러고 다니는데."

캐시. 캐서린의 애칭이었다.

만약 그녀가 그 소릴 들었다면 깔깔 웃으면서 맞장구를 쳤겠지만, 캐서린은 지금 다른 일이 있다며 자리를 비운 상황이었다.

"그런 사이 아니에요."

"아니긴. 바쁘다는 사람 불러서 예약 잡은 게 그 녀석인데. 아무리 고맙다고 해도 캐시가 그냥 그럴 사람은 아니야."

"예약이요?"

쉐릴이 고개를 끄덕이며 긍정했다. 혹시나 싶어 언제 예약을 잡았나 물어보니 원지석과 전화를 했던 그날이었다.

"흐음."

원지석은 입을 다물었다.

그제야 건수를 잡았다는 듯 쉐릴이 이것저것 물어보며 놀리는 시간이 이어졌지만 어찌어찌 넘어갈 수 있었다.

"무슨 이야기 해요?"

그때 캐서린이 고개를 갸웃거리며 나타났다.

"글쎄? 후후후."

쉐릴이 의미심장한 미소와 함께 원지석의 등을 쳤다. 청춘에 끼어들지는 않겠다, 그런 의미인 것 같았다.

"역시 쉐릴 실력은 의심할 게 없네요. 자, 원! 여기 이거 써보세요!"

캐서린이 가져온 것은 안경집이었다.

"안경이요?"

"전에 옷을 맞출 때 아쉬운 게 뭘까 생각했더니 이거였네요!"

원지석은 그녀가 선물한 안경을 써보았다. 사각의 철테 안경은 그의 날카로운 눈매와 묘하게 어울리며 매력을 힘껏 뽐냈다.

"좋네요!"

"흠, 괜찮네. 섹시해 보여."

쉐릴마저 고개를 끄덕이며 동의했다.

그 말대로였다. 옷까지 정장으로 갈아입은 그의 모습은 이전의 모습을 상상도 할 수 없을 정도였다.

"그럼 가볼까요?"

에스코트를 하듯 자신에게 손을 내미는 캐서린을 보며 피식 웃은 원지석이 고개를 끄덕였다.

* * *

사람이 없는 카페.

세 명으로 이루어진 팀이 탁자 하나를 둘러싸며 촬영 준비를 하고 있었다. 취재, 오디오, 영상을 담당하는 그들은 준비가 끝났는지 기자가 입을 열었다.

"최근 잉글랜드 유소년 축구계에 놀랄 만한 일이 있었죠. 첼시 U18이 트레블을 이룬 게 작지 않은 화제가 되기도 했는데, 이번엔 그 주인공을 직접 모실 생각입니다."

카메라를 보며 말하던 기자가 웃으며 다른 한쪽을 가리켰다.

"소개합니다. 첼시 U18의 감독, 원!"

곧이어.

머쓱한 얼굴의 원지석이 카메라에 잡혔다.

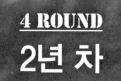

4 ROUND
2년 차

인터뷰가 시작되었다.

기자와 원지석이 서로를 마주 보고, 그 옆에서 영상을 찍는 식이었다.

"유소년 축구라고 해도 트레블은 굉장한 일이잖아요? 더군다나 원은 상당히 젊은 나이에다, 처음 부임한 시즌이니 더욱 대단하다는 평가를 받고 있어요."

"놀라운 시즌이었습니다. 아이들도 제 말을 잘 따라주었고, 전술적으로도 잘 적응하는 모습을 보여주니 저로서는 좋은 일이었죠."

하하, 웃는 그 모습을 보며 등골이 오싹할 녀석이 몇 있을 것이다.

인터뷰는 그렇게 무리 없이 진행되었다. 물어보는 기자 또한 축구에 대해 문외한은 아니었는지 어이없는 질문은 나오지 않았다.

"특별히 어려운 경기가 있었나요?"

"UEFA 유스 리그에서 만난 샬케가 생각나네요. 정말 힘들었던 상대였습니다."

빈말은 아니다. 조별 예선과 토너먼트에서 부딪친 샬케는 상대할수록 까다로운 팀이었다.

"바르셀로나가 아니었네요?"

"샬케를 뽑았다는 말이 바르셀로나가 쉬운 팀이라는 말은 아닙니다. 바르셀로나 U19도 훌륭한 팀이죠."

그런 질문엔 넘어가지 않는다는 듯 원지석이 선을 그었다.

"이력을 보니 굉장히 오래전부터 첼시에서 일하셨네요? 스무 살도 안 되는 나이에 무리뉴 사단에서 일했다는 건 정말 놀라운 일인 거 같은데, 당시 일화 좀 말해주시겠어요?"

"운이 좋았죠."

"네?"

기자의 표정을 본 원지석이 장난이 아니라는 듯 다시 한번 말했다.

"사실 조제와의 첫 만남부터가 우연이었습니다. 포르투에서 우연히 만난 것도, 꼬마 애들이랑 놀던 게 조제의 눈에 띈 것도 말이죠."

당시 원지석의 나이는 만 16세.

한국 나이로는 고등학교에 입학할 꼬마는 무작정 한국을 떠나는 비행기를 탔다.

처음 밟은 해외는 신비로웠다. 그리고 가혹했다.

굶어 죽기 일보 직전에 도착한 포르투. 길을 지나치다 우연히 본 축구를 하던 꼬마들. 만약 그때 지나쳤다면 원지석이란 남자는 얼마 못 가 죽었을 것이다.

"그는 제 은인이며, 스승이고, 아버지 같은 존재입니다."

"그런데 무리뉴 감독 밑에는 원 감독님과 비슷한 제자가 한명 더 있었죠? 지난 시즌에 맞대결을 펼친 안드레 비야스보야스 감독이."

안드레 비야스보야스.

일찍이 바비 롭슨의 눈에 들었으며, UEFA C급 자격증을 따내고 FC포르투의 유스 코치를 맡았을 때가 만 17세에 불과했다.

이후 무리뉴가 FC포르투의 감독이 되며 둘의 인연이 시작되었다. 원지석도 비야스보야스를 만난 적이 있다. 이후 그는 무리뉴가 인테르로 떠날 때 함께 이탈리아로 향한다.

그랬던 비야스보야스는 이후 독립하며 자신만의 길을 걷게 된다.

지난 시즌.

무리뉴가 첼시에 복귀했을 때 비야스보야스는 지역 라이벌인 토트넘 홋스퍼의 감독이었다.

그런 스토리가 있는 만큼 두 팀의 대결은 많은 관심을 받았다. 결과가 무승부이긴 했지만. 이후 계속된 부진으로 인해 비야스보야스는 결국 경질을 당한다.

"굉장히 재능 있는 감독이죠. 지금은 부침이 있다지만 언젠가는 다시 일어설 거라 생각합니다."

"상냥히 무난한 인터뷰네요. 솔직히 말해 녹설을 날리진 않을까 기대했는데."

기자의 말에 원지석이 어깨를 으쓱였다.

딱히 화를 내진 않았다. 영국 기자들이 어떤 존재인지는 이미 알고 있었으니까.

그래도 이 정도면 장난스럽게 넘어간 농담이라 할 수 있었다. 기사 제목으로 장난질을 하지 않는다면.

"그러면 다음 질문으로 넘어갈게요."

기자는 그렇게 말하며 태블릿 패드를 꺼냈다.

그 영상을 재생하며 짓는 미소가 묘하게 불길하다 느낀 것은 원지석의 착각이 아닐 것이다.

왜냐하면.

영상에는 펩 과르디올라에게 삿대질을 하며 욕을 하는 원지석의 모습이 재생되고 있었으니까.

*   *   *

「[스포츠 코리아] 첼시의 유소년 돌풍, '리틀 무리뉴'라 불리는 한국인 원지석은?」

원지석이 한 인터뷰는 한국에서도 번역이 되며 많은 사람들이 읽을 수 있었다. 하지만 기사 내용은 원지석이 욕을 먹기에 충분했다.

Q. 비야스보야스에 대해 어떻게 생각하시는지.
A. 뛰어난 감독이지만 그가 재기를 할 수 있을지는 모르겠다.
Q. 펩 과르디올라에게 화를 낸 일이 유명한데.
A. 그는 정말 짜증 나는 사람이니까.

만약 원지석이 봤다면 어이가 없다며 실소를 했을 내용들이 적혀 있었다. 정작 본 기사는 아무런 왜곡 없이 게재되었는데 한국에선 한술 더 뜨는 짓을 하고 있었으니까.

당연히 요즘 사람들은 바보가 아니다. 그들은 원문을 보고선 신랄한 댓글을 달았다.

　—아직 프로감독도 아닌 새끼가 무슨 말이 저러냐?

　—리틀 무리뉴 아니랄까 봐 혓바닥까지 닮은 거 보소ㅋㅋ

　—기자 미쳤냐?? 원문 보니 전혀 다른 내용인데 완전 뇌내망상으로 소설을 썼네.

　—원문에서는 안비보한테 뛰어난 감독이니 다시 성공할 수 있다고 했고, 펩한테는 당시 그 상황 자체가 짜증 나서 그랬지 개인적으로는 악의가 없다고 했는데??

　—기레기가 또.

댓글창이 시끄러운 만큼 원지석은 한국에서도 알게 모르게 자신의 이름을 알리고 있었다. 악명이든 뭐든 말이다.

프리시즌이 시작되고, 여름 이적 시장이 열렸다.

먼저 많은 사람이 떠났다.

중앙수비수인 다비드 루이즈가.

왼쪽 풀백인 애슐리 콜이.

중앙미드필더인 프랭크 램파드가.

모두 자신의 미래를 위해 팀을 떠났다. 항상 팀에 에너지를 불어넣던 루이즈도 그렇지만 두 레전드를 떠나보내며 팬들은 아쉬움을 감추지 못했다.

하지만 떠나는 사람이 있으면 들어오는 사람이 있게 마련이다.

먼저 새로운 공격수 디에고 코스타가 왔다.

라리가에서 AT 마드리드의 돌풍을 이끈 그는 첼시의 빈공을 해결해 줄 적임자라는 기대감을 받으며 입단했다.

그리고 반가운 얼굴이 돌아왔다.

선수 생활의 황혼을 맞이한 디디에 드록바가 다시 스탬포드 브릿지에 돌아온 것이다.

[뭐야, 이거 진짜야?? 아니정말드록바가아니잉나ㄴㅁㅇㄹ니]

킴에게서 온 문자를 삭제한 원지석은 스마트폰을 다시 주머니에 넣었다.

"그래도 세스크 파브레가스가 영입된 건 의외네요."

누군가의 말에 원지석이 고개를 끄덕였다.

램파드가 떠난 자리에는 세스크 파브레가스가 영입되었다. 지역 라이벌인 아스날에서 팬들의 사랑을 한껏 받으며 주장까지 달았던 선수가 말이다.

하지만 다음 날 일어난 일에 비하면 조족지혈에 불과했다.

「[오피셜] 첼시 '레전드' 프랭크 램파드, 맨 시티 임대 이적」

램파드의 맨 시티 이적은 매우 큰 충격을 주었다. 그리고 분노했다. 팀의 레전드가 우승 경쟁을 하는 팀으로 이적했다는 건 그만큼 파장이 컸다.

"오, 맙소사."

원지석은 기사를 보며 탄식했다.

상황은 이랬다.

첼시는 중원을 개선하길 원했고, 램파드는 더 이상 주전 자리와 장기계약을 할 수 없다는 걸 받아들이고 새로운 출발을 했다.

여기까진 축구계에선 흔히 있는 일이다.

그가 미국 리그인 MLS의 뉴욕 시티 FC로 떠난다는 소식을 접할 때에도 선수 생활의 마무리를 하는 정석적인 코스처럼 보였다.

하지만 경기 감각을 유지하기 위해 임대된 곳이, 하필이면 리그 경쟁 상대인 맨 시티인 것이 문제였다.

더군다나 까다로운 홈 그로운 조건마저 충족하니 맨 시티로서는 상당한 이득을 본 것이다.

　―지들이 보내줬으면서 뭔 말이 많음?ㅋㅋ

―그게 뉴욕 시티일 줄 알았지 맨 시티일 줄 알았겠냐. ㅅㅂ

―팀 레전드가 백업 싫다면서 떠났더니 맨 시티 백업하러 가는데 좋겠냐, 그럼??

―덜 푸른 심장ㅋㅋㅋㅋㅋㅋㅋ

먼 나라인 한국에서도 램파드의 이적은 꽤나 많은 논란을 만들었다.

그리고 램파드에게 튜터링을 받은 앤디 또한 많은 충격을 받았다.

"……"

"기운 내라."

킴이 그런 앤디의 등을 두드려 주었다.

충격을 받은 사람들을 뒤로하며 이적 시장은 계속되었다.

로멜루 루카쿠가 에버튼으로 떠났다.

그리고 페르난도 토레스 또한 팀을 떠났다.

팬들이 아쉬워하는 루카쿠의 경우 자신이 핵심이 되길 원했다. 그런 상황에 새로운 공격수 코스타가 들어오니 떠나기로 마음을 굳힌 상황이었다.

토레스 같은 경우엔 극심한 부진으로 많은 욕을 먹었지만, 정작 무리뉴는 그가 남길 원했다. 훈련에서 최선을 다하는 선수였기 때문이다.

첼시 U18도 변화가 있었다.

자신의 잠재성을 꽃피우기 위해 임대를 가거나, 혹은 방출 통보를 받거나. 서로 다른 이유로 팀을 떠났다.

유소년 팀의 경우 영입은 1군과는 조금 다르다. 돈을 주고 영입하는 경우도 있지만, 보통은 이렇다.

[유소년 입단 테스트]

유망주를 발굴하기 위한 테스트. 오늘이 그날이었다. 팀의 미래를 찾는 일이었기에 스카우트 팀들도 모여 원석을 찾는 데 혈안이었다.

"딱히 눈에 띄는 녀석은 없네요."

원지석의 말에 옆에서 자료를 정리하던 피엣 데 비세르가 고개를 끄덕였다.

1차 테스트가 끝났지만 고만고만하다 할 수준이었다. 여기서 임시로 후보를 뽑고, U18팀과 경기를 갖게 된다. 합격의 여부는 거기서 나오게 될 것이다.

며칠 뒤 유소년 후보와 U18의 경기를 하는 날이 다가왔다.

U18팀에는 앤디와 킴이 모습을 보였다. 그들은 이런 테스트 없이 입단했기에 새로운 분위기가 신기한 듯했다.

"아, 여긴가."

그때였다. 어슬렁거리며 한 녀석이 모습을 드러낸 것은.

드레드 머리를 한 흑인 소년은 펑퍼짐한 옷을 흔들거리며 원지석에게 다가왔다.

"여기가 경기하는 곳 맞죠?"

"경기? 뭐 틀린 말은 아닌데, 너 지각인 거는 알지?"

"혹시 못 뛰나요?"

멍한 얼굴로 고개를 갸웃거리는 녀석을 보며 원지석이 웃음을 터뜨렸다. 특이한 녀석이었다.

"그래서 이름은?"

"어, 리오 스털링?"

왜 의문문인데. 체크를 해보니 없는 이름은 아니었다. 지각생에게 후보용 조끼를 입힌 원지석은 마침 공격수 자리가 빈 곳에 리오를 넣었다. 우연이지만 킴과 앤디가 있는 곳이었다.

유소년 후보와 U18의 경기는 꽤나 큰 차이가 있었다.

후보들이 다른 곳에서 축구를 배우긴 했다지만 팀으로서 조직력을 다진 U18과는 경기력에서 큰 차이를 보였다.

특히 킴의 커팅 실력은 발군이었다. 후보 팀에서 하는 공격들을 혼자 커버하며 뛰어다니는 모습이 마치 미친 들소처럼 보일 지경이었다.

그때 구석에서 어슬렁거리던 리오에게 공이 갔다.

"귀찮게."

녀석이 작게 투덜거릴 때 어느새 다가온 킴이 리오를 압박하며 공을 뺏으려 했다.

하지만 리오는 당황하지 않았다. 공을 몇 번 툭툭 치는 것만으로 킴의 압박을 벗겨낸 그는 공을 빠르게 몰며 페널티박스를 침입했다.

"제법."

옆에서 보던 원지석이 눈을 빛내며 녀석의 플레이를 지켜보았다. 비세르 또한 안경을 고쳐 쓰며 리오를 예의 주시했다.

수비수 두 명이 리오를 둘러쌌다. 이번에도 녀석은 당황하지 않고 슬쩍 공을 옆으로 빼며 약간의 틈을 만들었다. 그 정도로 충분했다.

슈팅을 하기에는 말이다.

툭!

강한 슈팅도 아닌 가볍게 올린 칩슛은 골키퍼를 넘으며 골대 구석으로 향했다. 수비수들과 골키퍼를 바보로 만든 환상적인 골이었다.

"흠."

녀석은 고개를 끄덕이며 몸을 돌렸다.

마치 골이 들어간 게 당연하다는 듯, 아무런 감흥이 없는 그 모습을 보며 비세르가 너털웃음을 터뜨렸다.

"괴짜 녀석이군."

"흥미로운 녀석이긴 하네요."

경기는 6 : 4라는 난투전 끝에 U18팀의 승리로 끝났다. 하지만 리오의 존재감만은 독보적이었는데, 홀로 네 골을 몰아치며 득점력을 과시한 것이다.

"저기, 너!"

조끼를 반납하고 수건으로 땀을 닦으며 돌아가던 리오를 원지석이 잡았다.

"네?"

"오늘 잘했어. 결과 기대해도 좋아!"

이런 원지석의 말에도 리오는 시큰둥하게 대답했다.

"됐어요. 애초에 대타로 뛰어달라고 해서 뛴 건데."

"뭐?"

"그럼 이만."

무심히 떠나는 녀석을 보며 원지석이 볼을 긁적였다.

"이상한 녀석이네."

*   *   *

그 말이 거짓이 아니라는 걸 깨달은 건 이후의 일이었다.

태블릿 패드로 전송된 리오 스털링의 프로필에는 전혀 다른 소년의 사진이 찍혀 있었기 때문이다.

어찌 된 일인가 싶어 전화를 해 물어보니 돌아온 대답은 더욱 황당했다.

─걔, 진짜 갔어요?

즉 리오 스털링은 1차 테스트 때 합격한 사람이 맞았다. 다만 U18과의 경기에 나온 녀석은 다른 사람이었다. 그때 본인은 몸살로 집에 있었다고 했으니까.

─그럼 그 녀석은 누군데?

─제 친구예요. 제임스 파커라고, 재수 없긴 해도 우리 동네에서 축구 제일 잘하는 놈인데.

결국 원지석은 진짜 리오에게 물어 제임스의 연락처를 알 수 있었다. 그리고 돌아온 답변은 더욱 황당했다.

─흥미 없어요.

무심하게 끊어진 전화기를 보며 원지석은 한숨을 쉬었다.

＊   ＊   ＊

제임스에 관한 일은 결국 해프닝으로 끝났다.

원지석이 그의 마음을 돌리려 여러 번 연락을 했지만, 계속되는 거절 끝에 그 이유를 들을 수 있었다.

─난 음악할 거예요. 축구는 별로 재미가 없어서.

거기까지 말하니 원지석도 더 이상 제임스를 설득하는 걸 포기했다.

"무슨 일 있어요?"

고개를 갸웃거리는 캐서린을 보며 원지석이 쓴웃음을 지었
다.

"아니요. 그런 건 아닙니다만."

"너무 자기 자신을 혹사하지 말아요."

그녀의 말에 그는 고개를 끄덕였다.

인터뷰 이후, 캐서린과는 지속적인 만남을 가졌다. 호감은
있지만 그 이상은 갸우뚱한 관계. 원지석은 그녀를 보며 느끼
는 이 감정이 진짜인지 확신할 수 없었다.

그건 캐서린도 마찬가지일 것이다. 서로가 서로의 감정을
조금씩 알아가는 단계였다. 급하게 마무리 짓고 싶지는 않았
다.

그러는 사이 시즌이 시작되었다.

첼시는 1군 팀이나 U18팀이나 매우 좋은 성적을 거두는 중
이었다.

축구팬들 사이에는 무리뉴 2년 차라는 말이 있다.

항상 두 번째 시즌에는 우승을 거머쥐어서 나온 말이었는
데, 그게 괜히 나온 말이 아니라는 듯 전 시즌의 단점을 보완
한 첼시는 무서운 팀이 되었다.

「[BBC] 또 골! 첼시를 선두로 이끄는 코스타!」

「[스카이스포츠] 선두에서 내려올 줄을 모르는 첼시!」

시즌 초반부터 차지한 1위 자리를 계속해서 놓지 않은 것이다.

무엇보다 새로 영입된 공격수 디에고 코스타의 활약이 매우 뛰어났다. 세스크 파브레가스와 좋은 호흡을 보이며 위급한 상황마다 팀을 구해내니 벌써부터 팬들의 환호를 받을 정도였다.

코스타가 기복 있는 플레이를 보여줄 땐 아자르가 놀라운 활약을 보여주었다. 홀로 측면을 부수며 종횡무진 그라운드를 누볐다.

그 뒤에선 마티치가 단단하게 허리를 지탱하며 경기를 안정적으로 풀어갈 수 있게 해주었다.

"전 시즌, 나는 내년이면 우리가 우승 후보가 될 수 있다고 말했다. 지금도 다시 말할 수 있다. 우리는 우승 후보다."

무리뉴가 특유의 자신감 넘치는 얼굴로 말했다. 그만큼 팀은 많은 부분이 바뀌었다.

하지만 그런 무리뉴가 비판을 받지 않은 것은 아니었는데, 선수들 혹사 문제가 그 첫 번째로 꼽혔다.

특히 마티치가 빠진 뉴캐슬전에서 시즌 첫 패배를 당했을 때 이 문제가 두드러졌다. 그래서 팬들은 무리뉴가 로테이션을, 더 크게는 유소년을 쓰기를 바랐다.

하지만 동시에 1군과 백업 멤버의 실력 차이가 확연한 것도 확인할 수 있었다. 가끔씩 나오는 벤치 멤버들은 대부분 그 경기력이 실망스러웠기 때문이다. 유망주 시절부터 전혀 성장하지 않은 미켈의 플레이에는 팬들의 속이 뒤집어질 정도였다.

「[맨체스터이브닝] 전 레전드를 상대하게 된 첼시」

그러던 사이 대망의 맨 시티전이 찾아왔다.

맨 시티로 임대 이적한 램파드 본인은 첼시 경기에 나서지 않는다는 말을 했지만, 그것은 본인의 의사일 뿐 감독은 그러지 않은 모양이었다.

다른 유니폼을 입은 레전드를 보며 팬들의 반응 또한 두 가지로 나뉘었다.

착잡한 얼굴로 박수를 치거나, 분노에 찬 야유를 하거나.

결국 그 램파드가 동점골을 넣으며 경기는 무승부로 끝났다.

이로서 램파드는 프리미어리그 전 구단을 상대로 득점을 했다는 대기록을 세우게 되었다.

그때까지만 하더라도 박수를 치던 팬들의 뒤통수가 얼얼한 일이 벌어진 것은, 겨울 이적 시장에서의 일이었다.

「[가디언] 램파드는 어떻게 선덜랜드전에 뛰었는가?」

가디언지에서 밝힌 내용은 이랬다.

겨울 이적 시장이 열리고 첫 경기인 선덜랜드전에서 원칙적으로 램파드는 경기에 나올 수 없었다. 임대 신분이었기에 재등록을 하려면 시간상 맞지 않았기 때문이다.

하지만 램파드는 경기에 나오며 결승골을 넣었다.

결국 밝혀진 사실은 첼시 팬들이 뒷목을 잡기에 충분했다.

사실 램파드는 뉴욕 시티 FC에 입단하지 않았다.

맨 시티와 1년 계약을 맺고, 자연스레 계약을 파기하는 조항이 있을 뿐이었다. 그러나 그의 활약이 퍽 만족스러웠던 맨 시티는 그 조항을 삭제시켰다.

결국 뉴욕 시티 입단식은 다 쇼라고 할 수 있었다.

이러한 거짓말에 가장 분노한 것은 첼시 팬들과 뉴욕 시티의 팬들이었다. 뉴욕 시티 팬들은 시즌이 시작되어도 돌아오지 않는 램파드를 찾는다며 비꼬는 캠페인을 벌일 정도였다.

그리고 시간이 지나고 다시 다가온 맨 시티와의 경기.

이번에는 첼시의 홈인 스탬포드 브릿지에서의 경기였다.

―살벌하군요.

―네. 그런 일이 있었으니까요.

그런 스토리가 있었던 만큼 경기는 무거운 긴장감이 돌았
다. 교체 명단에 포함된 램파드가 몸을 풀 때마다 박수와 야
유가 동시에 터져 나왔다.

원지석은 벤치에서 그런 램파드를 보았다.

그가 지금 이곳에 있는 이유.

빅 매치를 앞두고 힘을 보태기 위해서이기도 했지만, 꼭 그
것만은 아니었다.

마침내 램파드가 교체로 투입되었다.

그와 동시에 첼시도 선수를 교체시켰다.

"오랜만이구나."

"네."

램파드의 옆에 있는 소년.

그 소년은 한때 램파드에게 튜터링을 받았던 앤디였다.

와아아!

우우우!

함성과 야유가 공존하는 분위기를 느끼며 앤디의 어깨가
움츠러들었다.

프로 첫 데뷔. 그 경기가 존경하는 선수이자 선생님이던 램파드와 맞대결을 하는 경기였다. 경기장의 분위기와 상황의 무거움이 소년의 숨통을 조일 것만 같았다.

"괜찮아."

그런 앤디의 어깨를 잡는 손이 있었다.

원지석이었다.

그는 단호한 눈으로 앤디를 보며 말했다.

"어차피 여기서 네가 잘못해 봤자 욕을 먹는 건 저기 있는 램파드다. 네가 잘해도 욕을 먹는 건 램파드야. 맘 편히 뛰고 와라."

그리고 말인데.

"저 늙은이 저거 별거 아냐. 쫄지 마."

"너무한데."

쓴웃음을 짓는 램파드를 보며 원지석이 어깨를 으쓱였다. 사적인 자리라면 몰라도 지금 둘은 서로 다른 팀이었다. 헐뜯는 것으로 앤디가 기운을 차린다면 얼마든지 그럴 수 있었다.

"잘해보자꾸나."

램파드의 말에 앤디는 고개를 끄덕였다.

양 팀의 선수가 교체되었다.

이 상황을 현지 해설진들 또한 넘기지 않고 언급했다.

—첼시와 맨 시티에서 선수를 교체합니다. 한쪽은 백전노장, 한쪽은 이제 막 데뷔하는 햇병아리군요.

　—그런데 이 앤디라는 소년이 꽤나 재미있습니다. 지난 시즌 첼시 유소년 팀이 트레블을 이룰 때 그 핵심이었다더군요. 이번 시즌도 마찬가지고, 프리킥을 아주 기가 막히게 찬답니다.

　—제2의 램파드인가요? 허허.

　하지만 새로운 선수가 들어갔다고 해서 경기에 극적인 변화가 오진 않았다. 양 팀 다 체력 소모가 심했기에 소극적인 양상을 주고받을 뿐이었다.

　앤디의 뒤는 마티치가 받쳐주며 자신의 플레이를 할 수 있도록 도와주었다. 그럼에도 앤디가 공을 잡는 상황 자체가 몇 번 나오질 않았다.

　—아니, 이런 큰 경기에 유망주 데뷔는 무슨 생각인 거지??

　—뭐 크게 이기고 있는 상황도 아니고 동점인데 왜??

　경기를 지켜보던 축구 커뮤니티는 혼란에 빠졌다. 교체로 들어간 앤디는 맨 시티의 압박에 고전을 면치 못했기 때문이다.

삐익!

그러다 한 번.

프리킥 찬스가 찾아왔다.

기회를 얻은 것은 첼시였다.

골대까지는 꽤나 거리가 있는 위치. 직접 골을 노리기보단 헤딩을 통한 득점을 노리기에 좋은 상황이었다.

이런 때에는 보통 세스크 파브레가스가 킥을 전담했기에 모든 사람들이 파브레가스를 보았다. 그 옆에 있는 앤디는 신경 쓰지 않았다.

"네가 차."

"네, 네?!"

손으로 입을 가리고 말했지만 바로 옆에 있는 앤디는 그 말을 들을 수 있었다. 소년은 혹여 자신이 잘못 들었나 싶어 눈을 번쩍 뜨며 파브레가스를 보았다.

그는 농담이 아니라는 듯 고개를 끄덕였다.

"놀라지 마. 감독님이 지시한 거니까."

"무리뉴 감독님이요?"

"그래. 쟤들도 네가 찰 줄은 상상도 못할 테니까 한 방 먹일 수 있는 기회라고."

결국 키커는 앤디의 몫이 되었다.

앤디는 침을 꿀꺽 삼키며 주위를 보았다. 스탬포드 브릿지를 찾은 홈 팬들, 원정 팬들. 그들이 내는 열기에 앤디는 숨을 쉬지 못할 것만 같았다.

유소년 경기 때는 이렇게 많은 사람이 찾지 않았다. 그랬기에 한결 더 편하게 플레이를 할 수 있었고.

저들의 시선이 자신을 주목하지 않는다는 것도 알았다. 그럼에도 몸은 기름칠이 안 된 기계처럼 삐걱거리는 게 느껴졌다.

"앤디!"

그때 자신을 부르는 목소리가 들렸다.

이 시끄러운 경기장에서도 자신의 머릿속을 파고든 그 목소리. 앤디는 고개를 돌렸다. 그곳엔 라인 바로 앞에서 손으로 눈을 가리는 시늉을 하는 원지석이 보였다.

"괜찮아? 그냥 내가 찰까?"

파브레가스의 물음에 앤디는 고개를 저었다.

"이젠 괜찮아요."

씨익 웃은 앤디가 공 위에 발을 올렸다.

그리고 눈을 감았다.

한 걸음, 두 걸음. 눈을 감고 뒤로 물러날 때만 하더라도 곁에 있던 선수들은 그러려니 했다. 선수들마다 특별한 징크스가 있는 법이니까.

삐익!

휘슬이 다시 울리고 꽤나 먼 거리에 있던 앤디가 달리기 시작했다. 눈을 감은 채로 말이다.

파브레가스가 놀란 입을 다물지 못할 때, 쾅 하며 강하게 차인 공이 페널티박스를 향해 쏘아졌다.

맨 시티의 수문장인 조 하트가 정신을 바로잡으며 공을 주시했다. 이제 막 데뷔한 꼬마가 공을 찰 줄은 몰랐지만, 그들은 프로였다. 누가 찬 공이든 이 골라인을 넘게 해선 안 됐다.

하지만 공의 궤적이 이상했다. 첼시 선수들이 헤딩하기 좋은 궤적이 아니었다. 저 멀리 하늘을 향해 날아가는 공은 너무 붕 뜬 상태였다.

'그냥 날려 버린 건가?'

그럴 수도 있었다. 첫 데뷔한 꼬마니 충분히 가능성 있는 이야기였다. 봐라. 공이 저렇게나 한참 위로…….

"뭐야, 시발!"

골문 위를 크게 날아갈 거 같았던 공이 크게 휘기 시작했다. 깜짝 놀란 조 하트가 몸을 던졌지만 공은 이미 골문 구석을 향해 휘어 들어간 상태였다.

아주 짧은 정적.

그리고 폭발한 함성이 스탬포드 브릿지를 가득 채웠다.

와아아아아!

―골, 골! 골입니다! 오늘 데뷔한 유망주의 환상적인 데뷔 골!

―엄청난 골이었습니다! 골을 넣은 앤디 선수가 벤치를 향해 달려갑니다!

해설진의 말처럼 벤치를 향해 달린 앤디는 그대로 태클을 걸 듯 원지석을 껴안았다.

강한 충격에 원지석이 쓴웃음을 지었지만 그는 앤디의 등을 두드리며 잘했다고 말해주었다.

―첼시 유소년 팀의 감독인 원이군요. 지난 시즌부터 부임했는데 아주 잘하고 있는 감독입니다. 첼시 팬들로선 미래가 아주 기대되는 장면일 겁니다.

그러는 사이 골 장면이 다시 리플레이되고 있었다.

처음에는 공이 갑작스레 휘며 골대에 들어가는 장면, 그리고 앤디의 얼굴을 자세히 찍은 장면이 말이다.

―앤디 선수가 공을 차는 장면입니다. 눈을 감고 뒤로 물러서선… 그대로 차는군요?!

―하하하, 제가 지금 꿈을 꾸고 있는 건가요?

해설진의 경악스러운 말과 함께, 한동안 화제가 될 리플레이는 계속 재생되었다.

그렇게 경기는 끝났다.

2 : 1.

앤디의 결승골을 지킨 첼시의 승리였다.

*   *   *

맨 시티전이 끝나고 앤디는 많은 관심을 받았다.

골도 골이지만 앤디의 준수한 외모도 화제를 일으켰다. 눈을 감고 뒤로 걸어가는 모습이 영화 속의 한 장면처럼 멋졌으니까.

무리뉴도 결승골을 넣은 앤디를 칭찬했다.

"아주 잘했지만 이게 끝이라고는 생각하지 않아요. 그 소년의 축구는 이제 시작일 뿐입니다."

세계 최고의 선수가 될지, 혹은 원더 골을 넣은 유망주로만 기억이 될지는 앤디에게 달린 일이었다.

인터뷰는 골을 넣은 앤디에게도 쏟아졌다.

"눈을 감고 차는 이유가 있나요?"

"그냥, 그게 편해요.

쑥스러워하는 그 모습에 많은 여성 팬들이 생긴 건 두말할 필요 없었다.

"골 셀레브레이션으로 벤치까지 달려가 유소년 감독님과 포옹을 했는데?"

"정말 고마운 분이세요. 제가 축구를 하는 데 정말 많은 도움을 주고, 항상 흔들리지 않도록 잡아주는 뛰어난 사람이기도 하죠."

이런 앤디의 인터뷰는 한국에서도 화제가 되었다.

하지만 그 화제는 한 달도 가지 못해 사그라들었다.

「[스카이스포츠] 첼시, PSG에게 패배」

첼시가 챔스 16강에서 떨어진 것이다.

*   *   *

챔피언스리그 16강 탈락.

그것은 팬들에게 있어서 충격적인 소식일 것이다.

지난 시즌, 그 토에바라는 공격진을 가지고도 4강을 갔다. 그런 만큼 이번 시즌은 그 이상을 바라는 사람이 많았다.

하지만 뚜껑을 열어보니 경기는 여러모로 최악이었다.

우선 경기 내용부터가 그랬다. PSG의 핵심인 즐라탄 이브라히모비치는 어이없는 오심으로 퇴장을 당했고, 이후 경기는 거칠어지며 과열된 양상을 보였다.

그럼에도 경기를 비기며 원정골 우선 법칙으로 인해 탈락하는 수모를 겪었다.

결국 무리뉴는 고집스러운 주전 기용의 비판을 피할 수 없게 되었다. 아무리 주전과 벤치 멤버의 실력 차이가 크다고 해도 로테이션을 돌리지 않은 건 무리수라는 비판을.

다행인 점이 있다면 이후 첼시는 리그에서 1위를 놓치지 않으며 흔들리지 않고 있다는 거였다.

특히 존 테리의 리그 연속 출장 기록은 사람들의 경의를 받았다. 선수들의 황혼이라 할 수 있는 나이임에도 수비의 핵심이 되어 팀을 이끈 것이다.

"흐흐."

킴이 스마트폰을 만지작거리며 기분 나쁜 웃음을 흘렸다.

그의 인스타그램은 최근 한 남자와 찍은 사진으로 도배되어 있었다. 디디에 드록바. 그의 우상이자 이번 시즌 첼시로 돌아온 전설.

훈련장에서 드록바를 처음 만난 킴은 쭈뼛쭈뼛 펜과 유니폼을 들고 갔다. 그동안 고이 간직해 온, 드록바의 이름과 등번호 11번이 마킹된 유니폼이었다.

"뭘 좀 아는 꼬마구나."

드록바는 흔쾌히 그 유니폼에 사인을 해주었다.

이후부터는 훈련장에서 둘이 같이 있는 모습을 자주 볼 수 있었다. 대부분은 킴이 그림자처럼 그의 곁을 따라다닌 거지만 말이다.

드록바도 그런 킴이 귀여웠던지 소년의 친목질에 어울려 주었다.

[오늘도 신과 함께]
#디디에드록바 #킴드와이트

사진에는 근엄한 얼굴의 디디에 드록바와 킴이 찍혀 있었다. 최근 인스타그램에 게시된 사진은 대부분 이랬다.

그때 새로운 댓글이 달렸다는 알림이 떴다. 앤디인가 싶어 클릭한 킴은 그대로 굳어버리고 말았다.

officialone: 새벽에 뭐 하냐. 자라.

원지석이었던 것이다.

혹시나 싶었던지 덧붙인 내용은 퍽 살벌했다.

officialone: 스마트폰 부숴 버리기 전에.

*   *   *

시간은 계속해서 흘렀다.

어느덧 시즌 말미, 첼시는 결국 리그 우승을 차지했다. 동시에 제일 오래 리그 1위를 유지했다는 기록도 세울 수 있었다.

좋은 소식은 U18팀에서도 들렸다.

놀랍게도 또 한 번의 트레블을 이룬 것이다.

이제 프로축구계도 원지석이라는 남자를 주목했다. 차세대 스타 감독, 제2의 무리뉴. 덕분에 인터뷰 요청도 물밀 듯이 들어와 적당히 추려내는 데 고생을 할 정도였다.

우선 구단에서 진행하는 인터뷰는 모두 참가했다. 나중에 첼시FC 홈페이지에 올려질 기사들이었다.

"1년 만에 다시 보게 되어서 반가워요."

"저도 그러네요."

그다음은 처음으로 잡지 인터뷰를 했던 기자를 다시 만나게 되었다.

"지난 시즌에 이어서 연속으로 트레블을 이루었는데 소감이 어떠신가요?"

"솔직히 말해 얼떨떨합니다. 좋지 못했던 적도 있고, 좋았던 적도 있었습니다만 전체적으로 만족스러운 시즌이었습니다."

"겸손한 답변이네요?"

"이렇게 우승을 해도 다음 시즌에 무너질 수 있는 게 축구니까요. 기쁨은 트로피를 내려놓을 때 같이 두고 와야 합니다."

그가 쓴웃음을 지으며 말했다.

만약 프로축구에서 트레블을 이루었다면 다른 말이 나올 수도 있었겠지만, 아직은 유소년 축구일 뿐이다.

유소년 축구에서 아무리 많은 골을 넣어도 프로축구에서 골을 넣지 못한다면 결국 실패한 선수다. 감독 역시 마찬가지였다.

원지석은 그런 경우를 수도 없이 봐왔다.

"그래도 세간에는 감독님을 차세대 스타 감독으로 보는 사람이 많아요."

"과분한 이야기죠. 제가 트로피를 들지 못한다면 결국 아무 의미 없는 이야기일 뿐입니다."

"그럼 유명 감독들의 칭찬은 어떻게 생각하세요?"

기자의 말대로 원지석을 칭찬한 건 첼시 팬들만이 아니었다. 무리뉴를 비롯한 유명 감독들이 원지석을 칭찬했다.

심지어 지금은 은퇴한 전설적인 감독, 알렉스 퍼거슨마저 원지석을 언급한 것은 많은 화제가 되었다.

"저도 그 기사 봤습니다. 사실 기자분들이 물은 상황이었고, 그분들이야 저주를 퍼부을 순 없으니까요."

머쓱하게 웃는 그를 보며 기자가 한숨을 쉬었다. 이 남자, 생각보다 가드가 단단하다.

지난번에야 그다지 알려지지 않았으니 그대로 기사를 냈지만 이번에도 이러면 곤란한데.

입맛을 다신 기자가 이것저것 물어보며 원지석을 흔들어보려 했지만 그는 무난하게 인터뷰를 마무리 지을 수 있었다.

"그럼 또 내년에 뵙죠."

기자가 이를 갈며 카페를 떠났다.

그 말이 꼭 내년에는 다를 거라는 뜻으로 들렸다.

한숨을 쉬며 의자에 편하게 앉은 원지석이 시계를 보았다. 아직 일정은 끝나지 않았다. 인터뷰가 하나 남은 상태였다.

'그냥 에이전트를 고용할까.'

쏟아지는 인터뷰 요청을 확인하고 거르는 것도 꽤나 힘든 일이었다.

'그나저나.'

마지막 인터뷰는 원지석으로서는 묘한 느낌이 드는 상대였다. 한국에서 온 기자였기 때문이다.

한국.

원지석의 고향.

하지만 그립지는 않은 곳.

예전 일을 떠올리며 커피를 마실 때, 문이 열리는 소리가 들렸다. 정장을 입은 동양인. 그가 한국에서 온 기자라는 건 어렵지 않게 추측할 수 있었다.

"아, 원 감독님!"

원지석의 얼굴이야 익히 알려져 있었기에 기자가 손을 흔들며 다가왔다.

"안녕하세요! 스포츠 코리아에서 온 박성태라고 합니다."

남자가 웃으며 손을 내밀었다.

사실 원지석은 모르는 일이지만, 작년에 그에 대한 기사를 악의적으로 왜곡해서 게시한 사람이기도 했다.

악수를 한 후에야 자리에 앉은 박성태는 가방에서 질문용으로 가져온 자료들과 녹음기를 꺼냈다.

"그럼 시작할게요."

인터뷰가 시작되었다. 사실 기본적으로 지금까지 한 말들을 반복하는 것에 지나지 않았다.

"원지석 씨는 굉장히 어린 나이에 한국을 떠나 해외로 나가셨잖아요? 언어적으로 힘든 건 없었나요?"

"아버지를 따라 어릴 때부터 해외에 나갈 일이 많았습니다. 덕분에 영어는 어느 정도 할 수 있었고, 브라질에도 거주한 적이 있어서 포르투갈어는 그때 약간이나마 배웠고요."

축구에 매료된 것도 브라질에 있었을 때의 일이었다.

생각해 보면 아이러니한 일이었다. 가족이라는 사람들과 멀어지는 대신 축구와 가까워질 수 있었다니.

그렇다고 그게 후회되진 않았다.

아니, 오히려 좋을 정도였다.

"대단하군요."

박성태가 고개를 끄덕였다. 사실 다 알고 있는 내용이기도 했다. 작년에 인터뷰를 번역할 때 본 내용이었으니까.

그가 이 먼 런던까지 온 이유는 이렇게 시시한 기사를 뽑기 위해서가 아니다. 더 자극적이고, 더 많은 돈을 벌 수 있는 내용을 원했다.

'슬슬.'

조금 다른 질문이 나온 것은 그 뒤의 일이었다.

"유소년 축구긴 해도 감독님께서 한국 축구의 저력을 세계에 알리는 것에 만족하시는 분들이 계세요. 한국인으로서 자랑스러운 일이실 텐데?"

그가 기대하는 답변은 하나였다.

한국 축구를 띄워주며 기사를 보는 사람들의 애국심을 자극하는, 이른바 '국뽕' 요소를 노리는 거였다.

무슨 말을 해도 좋았다. 어차피 박성태 자신이 재주 좋게 짜깁기할 테니까.

"네?"

하지만 원지석은 그 질문에 눈살을 찌푸렸다.

"제가 영국에 너무 오래 살았는지 아무래도 이해가 가지 않는 거 같은데, 다시 한번 말씀해 주시겠습니까?"

"감독님께서 한국 축구……."

"잠깐만요."

결국 자신이 잘못 이해한 게 아니었다.

한숨을 쉰 원지석의 눈이 서늘해졌다.

"저는 한국 축구계에서 아무것도 배우지 않았습니다."

"네, 네?"

박성태가 당황하며 원지석을 보았다. 설마 이런 대답이 나올 줄은 몰랐던 모양이었다.

"차라리 포르투갈이나 영국 축구를 배웠다고 하는 게 맞을 거 같군요. 어디서 그런 말이 나왔는지는 모르겠지만, 그 말은 틀린 말입니다."

"하, 하지만 감독님은 한국인이 아니십니까?"

"국적은 그렇죠. 국적만은."

원지석의 대답은 차가웠다.

거짓이 아니다. 애초에 한국에선 무언가를 할 상황이 아니었다. 중학생인 원지석을 쫓아내기 위해 호시탐탐 기회를 엿보던 사람들. 그들을 피하기 위해 아르바이트에 신경을 쏟았으니까.

"이걸 기사로 내도 괜찮나요? 파급이 만만치 않을 거 같은데……"

말과는 다르게 사실은 좋아 죽을 것만 같은 박성태였다. 원하던 답변은 아니었지만 더 좋은 것을 얻었다.

사람들의 관심을 끄는 방법.

그것은 욕받이를 만드는 거였다.

애국심을 고취시킬 수 있는 욕받이라면 더더욱 좋았다.

"상관없습니다. 그것과는 별개로 한국 축구는 계속 발전하고 있는 중입니다. 지속적인 관심과 고찰이 이루어진다면 원하던 바를 이룰 수 있을 겁니다."

한국 축구와 원지석 자신은 별개의 일이다.

그런 말이었지만 정작 박성태가 쓴 기사는 한국에 커다란 파문을 일으켰다.

*   *   *

「[스포츠 코리아] 리틀 무리뉴 원지석, '한국 축구는 배울 게 없는 곳' 논란……」

박성태가 쓴 기사는 제목부터 자극적이었고, 중간마다 원지석이 욕을 먹을 수 있도록 양념을 쳤다. 기사 내용만 봐선 굉장히 무례한 사람으로 비칠 정도였다.

기사를 본 사람들 또한 의견이 갈리며 댓글란에서 싸움을 시작했다. 조회수가 곧 돈이 되는 박성태에겐 아주 좋은 일이었다.

—미친 매국노 놈이!

—매국노랑 한국 축구랑 뭔 상관이야… 기사 제대로 보면 다른 뜻인 거 알 텐데.

—박성태 또 어그로 존나 끄네ㅋㅋㅋㅋ

—아니, 결국 한국 축구 별로라는 말은 사실 아니냐??

—한국에서 축구 안 배웠다는 말이 어떻게 하면 그런 결론이 나와, 멍청아.

—사람 낡이게 글을 쓰긴 했네. 어차피 성태가 또 지 망상으로 소설 쓴 거겠지만.

원지석을 욕하는 사람, 기자를 욕하는 사람, 둘 다 욕하는 사람. 어느 쪽이든 축구 커뮤니티에서 원지석은 뜨거운 감자가 되었다.

물론 한국 스포츠 기사를 보지 않는 원지석에겐 모르는 일이었다.

그러거나 말거나 세 번째 시즌이 찾아왔다.

전 시즌에 리그와 리그 컵을 우승하며 더블을 이룬 첼시였기에 다음 시즌도 성공을 이룰 거라 평가하는 사람들이 많았다.

하지만 첼시는 프리시즌부터 삐걱거리기 시작했다.

영입 링크는 숱하게 뿌려졌지만 정작 이렇다 할 영입은 이루어지지 않았다. 지난 시즌 맨유에서 실패를 겪은 라다멜 팔카오를 임대로 데려올 때는 왜 데려왔나 이해를 하지 못하는 사람이 더 많을 정도로.

사실 팔카오는 다시 떠난 드록바의 자리를 채우기 위해 영입된 선수였다. 경험 있는 백업 멤버. 결국 제대로 된 보강은 아니었다.

「[데일리 메일] 지지부진한 영입에 불만을 품는 무리뉴」
「[미러] 첼시 단장 에메날로, 우리는 이미 강한 선수단이 있다」

설상가상 첼시에 대해 안 좋은 루머가 계속해서 흘러나왔다. 무리뉴와 보드진이 파워 싸움을 하고 있다는 루머가.

결국 팔카오와 유망주 몇 명만을 영입한 채 시즌이 시작되었다.

사고는 리그 첫 경기부터 터졌다.

스완지와의 경기 중 극후반인 상황이었다. 경기 중 아자르가 팀닥터를 요청했고, 무리뉴가 경기에 난입한 팀닥터를 공개적으로 비판한 것이다.

사람들은 이러한 일을 무리뉴와 의료진의 마찰로 보았다.

전 시즌부터 코스타의 햄스트링 문제로 쌓였던 불만이 스완지전에서 터졌다는 의견이었다.

이후 무리뉴가 사과를 하면서 일단락되었지만, 팀이 분열하고 있다는 것은 누구나가 알 수 있게 되었다.

이때까지만 하더라도 사람들은 첼시가 문제를 수습하고 다시 일어설 거라 생각했다.

「[스카이스포츠] 맨 시티, 첼시를 3 : 0으로 무찌르다」

그다음 경기인 맨 시티전에서 처참하게 박살 나기 전까지는 말이다.

5 ROUND
이게 팀이냐?

처참했던 맨 시티전.

첼시는 전 시즌 그 팀이 맞나 싶을 정도로 최악의 플레이를 보여주었다. 수비, 공격 모든 게 엉성했다. 골키퍼 베고비치의 신들린 선방이 아니었으면 더 많은 골을 헌납했을 것이다.

─질 만한 팀이 졌습니다.

평론가의 말처럼 딱 그 정도의 경기였다.

그제야 상황의 심각성을 인지했는지 부랴부랴 새로운 영입이 발표되었다.

「[오피셜] 페드로 로드리게즈, 첼시 이적」

바르셀로나의 측면공격수인 페드로가 이적한 것이다. 하지만 이 또한 팬들의 의문만 살 뿐이었다.

전 시즌 후반기부터 마티치와 수비진의 혹사가 지적되었지만 아직도 근본적인 해결이 되지 않았기 때문이다.

이런 상황에 굳이 2선 영입이 필요한가?

다행히 페드로의 데뷔전은 인상적이었다. 하지만 거기까지였다. 이후 팀과 함께 부진에 빠지며 그때의 모습은 찾아볼 수 없었다.

그러는 사이 이적 시장이 끝났다.

끝내 첼시는 근본적인 보강 없이 시즌을 시작해야 했다. 질로보지와 마이클 헥터라는 수비수들을 영입했지만 빗물을 손바닥으로 막는 격이었다.

부진, 끝없는 부진.

첼시의 부진은 끝이 없었다.

첼시는 지난 시즌에 14라운드까지 승점 35점을 벌었다.

반면 이번 시즌은 14라운드까지 겨우 15점을 벌었을 뿐이다. 경기력이 아닌 결과로도 확연히 알 수 있는 부진이었다.

우승? 현실은 챔스 경쟁은커녕 10위 아래로 추락하며 망신살을 뻗쳤다.

그렇다면 왜 이렇게까지 무너졌는가?

첫 번째는 선수들의 자기 관리 실패였다.

프리시즌 동안 몸을 제대로 만들지 못한 게 컸다. 몇몇 선수들의 둔중해진 몸은 한눈에 봐도 비교가 가능할 정도였다.

그중에서도 가장 부진하다고 꼽힌 선수가 두 명 있었다.

이바노비치와 세스크 파브레가스.

특히 이바노비치 같은 경우엔 왜 자꾸 쓰는지 모를 정도로 그 폼이 최악이었다. 전 시즌 최고의 풀백이 공격도 수비도 되지 않는 잉여 인간이 되어버린 것이다.

파브레가스 같은 경우엔 그 굼뜬 움직임으로 인해 중원에 엄청난 부담감을 주었다.

그 부담을 홀로 책임지던 마티치가 무너지며 결국 중원의 붕괴로 이어졌다.

사실 이러한 점들은 지난 시즌 후반기부터 지적된 문제들이었다. 지금에서야 그 대가를 혹독하게 치르는 것일 뿐.

―첼시가 또 집니다. 이제 첼시는 정말 강등권 싸움을 걱정해야 될 자리까지 떨어졌군요.

1 : 0.

본머스와의 경기에서도 첼시는 패배했다.

무려 14년 만에 승격한 팀에게, 그것도 홈인 스탬포드 브릿지에서 말이다.

—로만 구단주가 손으로 눈을 덮습니다. 차마 경기를 보지 못하는군요.

극심한 부진 속에서 로만 구단주의 얼굴은 밝은 적이 없었다. 결국 이러한 일은 경질설에 힘을 더해주었다.

「[BBC 속보] 첼시 보드진, 무리뉴 감독 해임 논의 중」

이상한 일도 아니었다.

현대 축구에서, 더욱이 첼시라는 구단에서 감독이란 존재는 파리 목숨에 가까웠다.

오히려 무리뉴였기에 아직까지 감독직을 보존하고 있다는 것이 맞았다. 팬들에게 많은 지지를 받는 이상 함부로 경질할 수 없기 때문이다.

"나는 잘릴 거야."

원지석은 말없이 그의 말을 들었다.

무리뉴의 표정은 씁쓸했다. 여러 가지를 체념한 사람 같기도 했다. 그만큼 그에게 주어진 상황은 절망적이었다.

"통보가 왔더군. 다음 경기인 레스터전이 내게 주어진 마지막 기회라고."

결국 이런 상황까지 왔다.

특별한 감독이라며 칭송받던 무리뉴는 자신의 팀과 함께 추락했고, 이제는 경질이라는 칼날 아래에 목을 내민 상태였다.

무엇이 문제일까.

선수단.

보드진.

감독.

모두에게 문제가 있었다.

누구 하나 잘못이 없다고 할 수 없는 상황이었다.

선수들은 이기고 싶어 하지 않았다.

단순한 기량 저하 말고도, 지는 상황에서 보여준 의욕 없는 그 모습은 팬들의 거센 질타를 받았다.

보드진은 자만했다.

지난 시즌 후반기부터 드러난 문제점을 보고서도 무시했다. 거기다 감독과 파워 싸움을 벌였으며, 감독의 요청을 무시하고 상황이 곪아버리는 것을 방조했다.

감독은 무능했다.

결국 그의 고집이 초래한 결과였다. 더군다나 이제는 라커룸마저 통제하지 못한다. 사실상 무늬만 감독인 것이다.

원지석은 그 군상들을 보며 생각했다.

'이걸 팀이라 할 수 있는가?'

그리고 대망의 레스터전이 다가왔다.

레스터의 감독이 클라우디오 라니에리인 걸 생각하면 얄궂은 일이었다.

무리뉴가 첼시에 오기 전, 당시 첼시의 감독은 라니에리였다.

그는 챔피언스리그 4강이라는 뛰어난 성적을 거두었지만 결국 로만의 욕심으로 경질을 당했다.

그리고 그다음 시즌.

포르투에서 성공을 거둔 무리뉴가 첼시에 부임한다.

첼시라는 구단과도, 무리뉴 개인과도 라니에리는 인연이 없지 않았다. 이후 이탈리아로 넘어간 둘은 티격태격거리며 날선 인터뷰를 주고받았으니까.

라니에리는 늙었다.

한때 그런 독설을 날린 상대가 이젠 자신의 목에 칼날을 들이밀고 있었다.

―골, 골! 마레즈의 환상적인 추가골입니다!

―바디에 이어 마레즈마저 추가골을 넣는군요. 첼시의 부진도 부진이지만 레스터의 돌풍이 오늘도 이어질 거 같습니다.

이번 시즌 돌풍을 일으키는 레스터 시티.

그 핵심 선수인 제이미 바디와 리야드 마레즈가 모두 골을 넣으며 스코어는 2 : 0까지 벌어지고 말았다.

경기 후반 로익 레미가 한 골을 만회했다지만 결국 거기까지였다.

2 : 1.

첼시는 패배했다.

라니에리가 무리뉴의 목을 치는 데 성공한 것이다.

그리고 며칠 지나지 않아 새로운 소식이 올라왔다.

「[오피셜] 스페셜 원 무리뉴 감독, 경질되다」

무리뉴가 첼시를 떠나게 되었다.

*   *   *

무리뉴의 경질은 첼시 팬들에게 있어 커다란 파문을 일으켰다.

부진한 것도 맞다.

이번 시즌이 처참하게 실패한 것도 맞는 말이다.

그럼에도 블루스들은 무리뉴가 남길 원했다. 스페셜 원이란 그런 존재였다. 팬들이 사랑하는 감독이고, 팬들을 사랑한 감독이니까.

—어차피 망한 시즌 그냥 끝까지 가지 왜??

—이대로라면 진짜 강등당하니까.

—아, 진짜 쓰레기들아.

많은 불화설이 있었던 첼시였기에 그 화살은 선수들과 보드진을 향했다. 배신자는 누구인가, 솔직히 말해 아닌 사람을 찾아내는 게 더 쉬울 정도였다.

그런 논란이 있는 와중에 첼시의 기술 이사인 에메날로가 이러한 결정을 설명했다.

"이 팀의 스쿼드는 작년에 리그 우승과 리그 컵을 우승한 그 스쿼드라는 걸 기억해야 한다. 더군다나 선수와 감독 간의 불화가 있었다."

이러한 발표는 팬들이 뒷목을 잡게 하는 데 충분했다.

—내가 잘못 들었냐?? 지금 팀 내 불화 대놓고 인증하는 거
지??

—스쿼드는 지럴한다… 미켈이랑 손잡고 꺼져.

—에메날로는 왜 안 떠남??

—결국 지들 잘못은 없다고 잡아떼네.

더군다나 무리뉴와 파워 싸움을 했다는 장본인으로 꼽히
는 에메날로였기에 그 반응은 더욱 격했다.

하지만 무리뉴는 떠났다.

이제 그는 다시 돌아오지 않는다.

그게 팬들이 가장 슬퍼하는 점이었다.

그렇게 혼란스러운 첼시였지만 반드시 짚고 가야 할 점이
하나 있었다.

「첼시, 다음 감독은 누구?」

차기 감독으로 꼽히는 사람은 여럿 있었다.

대어로 꼽히는 매물은 AT 마드리드의 디에고 시메오네, 그
리고 내년이면 계약이 만료되는 펩 과르디올라가.

누가 되었든 지금 당장 감독으로 앉히기에는 어려운 시기

였다. 그렇기에 임시 감독이 남은 시즌을 맡을 거라는 의견이 지배적이었다.

「첼시, 남은 일정은 거스 히딩크가 맡는다?」

그 임시 감독으로 히딩크가 물망에 올랐다.

딱히 현실성이 없는 이야기는 아니다. 이미 한 번 긴급 소방수로 뛴 적이 있었고, 로만과의 친분을 유지하고 있었기 때문이다.

하지만 네덜란드 국가대표팀에서 감이 많이 떨어진 모습을 보여주었기에 걱정을 하는 사람 또한 많았다.

그렇게 선덜랜드전을 앞두고 새로운 감독이 발표되었다.

예상대로 정식 감독은 아니다. 남은 시즌을 처리하는 소방수. 여기까진 모두가 예상하던 바였다.

다만 그 사람은 예상하지 못했다.

「[오피셜] 유소년 감독 원지석, 감독대행으로 임명」

U18팀의 감독인 원지석이 그 자리에 오른 것이다.

*　　　　*　　　　*

「[스카이스포츠] 로만의 도박수는 통할까?」

「[BBC] 무리뉴를 내치고 제2의 무리뉴를 선임한 첼시」

「[가디언] 남은 시즌을 포기한 첼시?」

"후우."

자신의 기사를 보던 원지석은 이내 태블릿 패드를 닫으며 한숨을 쉬었다.

좋은 기사를 찾아볼 순 없었다.

아니, 아예 없는 건 아니었다. 생애 첫 인터뷰를 했던 그 기자는 조금 달랐다.

「[런던풋볼] 원지석, 그는 될성부른 떡잎이다」

물론 성공을 확신한다는 내용의 기사는 아니었다. 그저 유소년 축구에서 큰 성공을 거두었으니, 혹시 모른다는 것일 뿐.

무리뉴가 자신의 경질을 예고하던 그날.

원지석은 자신의 앞날을 정해야 했다.

무리뉴가 처음 첼시에서 해고를 당할 때, 원지석은 첼시에 남았다. 이번에도 그럴 것인가?

물론 최선은 경질을 당하지 않는다는 거였지만, 이미 경질은 현실이 되었다.

그에게 남은 선택지는 두 가지가 있었다.

첼시를 떠나 무리뉴를 따라가는 것.

첼시에 남아 유소년 감독직을 계속 맡는 것.

그렇게 고민하던 중 놀라운 제안을 받았다.

무리뉴가 경질당하고 이틀이 되던 날이었다.

"남은 시즌 동안 자네를 믿고 싶은데 어떤가?"

보드진과 갑작스레 잡힌 회의.

처음 감독 제의를 받았을 땐 솔직히 말해 믿기질 않았다. 이런 큰 구단이 임시이긴 해도 감독직을 제안한 것이다.

그만큼 급박한 상황이라는 반증이기도 했지만, 원지석은 이해가 되질 않았다.

'왜?'

겨우 유소년 감독일 뿐인 자신에게 그런 큰 자릴 맡길 수 있단 말인가?

"스태프들 사이에서 자네에 대한 평이 좋더군. 거기다 피엣데 비세르가 자네를 강력히 추천했네."

비세르와 로만은 친분이 두터운 사이였다. 그만큼 자신에게 제의가 오는 데 비세르의 힘이 컸다는 걸 알 수 있었다.

"유소년 팀의 성적이 훌륭한 것도 한몫했지. 더군다나 로만은 이 팀에서 제2의 과르디올라가 나오길 바라고 있다네."

펩 과르디올라.

바르셀로나 시절 패스 축구를 집대성해 큰 성공을 거둔 감독. 로만이 항상 러브 콜을 보냈을 정도로 원했던 남자이기도 했다.

그런 과르디올라의 출발점도 유소년 팀이었다.

"어떤가? 자네가 남은 시즌을 훌륭하게 마무리한다면, 정식 감독이 될 수도 있어."

그 말에 원지석은 더욱 심한 고민에 빠졌다.

처음 있던 두 가지 선택지에 하나가 추가된 것이다.

무리뉴에게서 독립해, 프로감독이 된다는.

이미 그런 사람이 없던 것도 아니었다.

안드레 비야스보야스.

무리뉴의 제자에서 독립해 감독이 되고, 결국에는 적으로 만나게 된 남자.

하지만 무리뉴의 마지막 상황을 알고 있었기에 원지석은 차분해지기로 했다.

무리뉴가 라커 룸의 통제권을 상실했다는 걸 인정했을 때의 일이었다. 그는 로만에게 도움을 요청했지만, 로만은 단 한 번도 모습을 보이지 않았다. 심지어 경질을 당할 때 얼굴을 비춘 보드진은 없었다.

그가 다시 모습을 보인 것은 무리뉴가 경질된 뒤 훈련장이었다.

"한 가지 조건이 있습니다."

원지석은 굳은 얼굴로 보드진 회의에 참석한 이들을 보았다.

"이것만 보장해 준다면, 하도록 하죠."

"그게 뭔가?"

고개를 갸웃거리는 그들을 보며 원지석이 단호하게 말했다.

"정식 감독은 필요 없습니다. 대신 제가 무슨 짓을 하건 남은 시즌 동안 임기를 보장해 주는 것. 이거면 됩니다."

"…이미 자네를 선임한다는 것 자체가 큰 도박이야."

"내키지 않으시면 그만두셔도 상관없습니다. 다만 팀이 한 번이라도 강등권에 들어간다면, 겸허히 감독직을 사퇴하죠."

원지석의 눈이 날카롭게 번뜩였다.

자기도 모르게 침을 꿀꺽 삼킨 그들은 회의 후 알려준다는 말과 함께 원지석을 내보냈다.

그리고 그날 밤.

「[오피셜] 첼시, 유소년 팀 감독인 원지석을 감독대행으로 선임」

원지석의 도박은 통하게 되었다.

"이제부터야."

이제는 구단의 도박을 성공시켜야 했다.

적어도 첫 걸음을 내딛은 이상, 중간에 멈출 일은 없었다.

*   *   *

[축하하네.]

무리뉴에게서 온 문자였다.

잠시 그 문자를 멍하니 보던 원지석은 조심스레 답장을 적었다.

[고마워요. 그리고 미안해요.]

이 짧은 답장을 쓰고, 보내는 데 얼마나 손이 떨어지지 않던지. 그만큼 무리뉴에겐 미안한 마음이 컸다.

그는 은인이었다.

처음 축구계에 발을 들일 수 있도록 이끌어주었고, 다시 복귀할 때에도 마찬가지였다.

2년 전, 자신의 허름한 방에서 내 사람이 필요하다며 손을 내밀었던 순간을 지금도 잊지 못한다.

만약 감독 제의가 오지 않았다면 무리뉴를 따라 첼시를 나갔을 것이다. 하지만 보드진의 제의는 원지석의 마음속 욕망을 자극했다.

'무리뉴를 뛰어넘고 싶다.'

그에게 인정받고 싶었다. 그보다 뛰어난 감독이 되고 싶었다. 아마 비야스보야스도 이런 감정으로 독립한 게 아니었을까.

무리뉴가 경질당하던 날, 원지석은 그와 짧은 포옹을 했다.

서로 말은 없었다.

사실 그때부터 둘은 이러한 일을 직감했을지도 몰랐다.

그때 스마트폰이 다시 울렸다.

무리뉴에게서 온 답장이었다.

[너라면 최고가 될 수 있어. 곧 보자고.]

원지석은 웃으며 스마트폰의 화면을 껐다.

스승과 제자가 아닌 적수로서 만나자는 말.

그리 오래 걸리지는 않을 것이다.

*　　　　*　　　　*

원지석이 감독대행으로 부임하고, 곧바로 선덜랜드전이 찾아왔다.

사실 경기를 준비하기엔 턱없이 부족한 시간이었다. 그럼에도 원지석은 불만을 내뱉지 않았다. 대신 라커 룸에서 선수들에게 이 말을 했다.

"우리는 팬들이 사랑하는 감독을 잃었습니다."

선수들은 말이 없었다.

홈인 스탬포드 브릿지임에도 라커 룸 밖에선 자신을 욕하는 팬들의 아우성이 들려왔다. 이유야 여러 가지가 있겠지만, 역시 무리뉴의 경질이 가장 클 것이다.

"그 책임이 누구에게 있는 거 같습니까? 아, 무리뉴를 비호하는 게 아닙니다. 그도 책임이 있죠. 그렇기에 책임을 지고 목이 잘렸지만 여러분은 아직 이곳에 있습니다."

까득.

이가 갈리는 소리가 고요한 라커 룸에 울렸다.

원지석은 선수 하나하나를 씹어 먹을 듯 노려보았다. 자신보다 훨씬 어린 나이임에도 선수들은 함부로 눈을 마주치지 못했다.

할 말이 없어서? 그런 것도 있지만 그들은 분위기에 압도되고 있었다. 저 어린 감독대행에게 말이다.

"이제 당신들의 똥물을 받아줄 사람은 없어요. 알아들었습니까? 오늘부터 당신들의 좆같은 플레이는 다른 누구도 아닌 본인의 목을 조인다는 걸 숙지하라는 겁니다, 이 개새끼들아."

선수들은 소름이 돋았다. 자신의 목덜미에 짐승이 아가리를 벌리고 으르렁거리는 기분이었다.

하지만 선수들을 궁지에 몰아넣는다고 해서 될 일은 아니다. 원지석의 한숨과 함께 숨이 막히던 분위기도 어느 정도 완화되었다.

"우리는 매우 늦은 상황이죠. 그렇다고 해서 아직 방법이 없는 게 아닙니다."

이제 경기가 시작할 시간이었다.

원지석은 라커 룸 밖을 가리키며 말했다.

"오늘부터 다른 모습을 보여주면 됩니다. 전 감독이 틀렸다는 걸 증명하면 되는 겁니다. 팬들의 야유? 좆이나 까라고 하세요."

그가 씨익 웃으며 라커 룸을 나갔다.

"이기러 갑시다."

그 뒷모습을 보며 선수들은 멍하니 뒤를 따랐다.

—첼시에게 있어서 터닝 포인트가 될 수 있는 경기입니다.

—어찌 되었든 무리뉴는 잘렸고, 새로운 감독 아래에서 변

화가 필요한 시점이니까요.

　—하지만 팬들은 그 결정을 용납하지 못한 것 같군요. 많은 팬들이 걸개로 무리뉴를 응원하는 게 보입니다.

　우우우우!

　벤치에 앉는 선수들에게 야유가 쏟아졌다. 굳이 무리뉴가 아니더라도 최악의 폼을 보여주었기에 야유를 보내는 사람 또한 많았다.

　—감독대행인 원의 모습이 보입니다.

　—선임 때부터 화제가 되긴 했지만, 이제 만 28세로 꽤나 어린 나이입니다. 잉글랜드 최연소 감독이라는 기록을 세우기도 했죠.

　비록 감독대행일지라도 원지석은 최연소 기록을 갈아치우며 사람들을 충격에 빠뜨렸다.

　사람들이 첼시 보드진에게 실수를 했다며 욕하는 이유 또한 이런 점에 있었다. 천하의 무리뉴도 장악을 실패한 라커룸에 새파랗게 어린 감독이 앉은 것이다.

　—첫 감독 데뷔전이지만 그렇게 긴장한 것으로 보이진 않

는군요?

―하하, 오히려 여유로울 정도입니다.

―그렇다면 라인업을 보겠습니다. 첼시의 스쿼드는 전반적으로 큰 변화가 없습니다. 부진으로 지적되던 선수들이 다시 명단에 이름을 올렸군요.

―그나마 차이가 있다면 벤치 명단이라 할 수 있겠습니다.

해설진의 말대로 오늘 벤치에는 색다른 얼굴들이 앉아 있었다.

앤디와 킴이었다.

―유소년 팀에서 원이 직접 지도한 유망주들입니다. 구단 내에서도 기대하는 선수들이라 하더군요.

―오늘의 선발 명단이 부진의 연속이 될지, 전환점이 될지. 우선은 지켜봐야 할 거 같습니다. 경기 시작합니다.

삐익!

휘슬 소리와 함께 경기가 시작되었다.

양 팀 모두 강등권을 피하기 위해 필사적으로 움직였다. 다만 차이가 있다면, 선덜랜드는 수비 라인을 매우 내리며 역습 전술을 펼치고 있다는 점이다.

덕분에 첼시는 경기를 아주 쉽게 풀어갈 수 있었다. 특히 부진의 원흉으로 지목받던 오스카와 이바노비치의 활약이 아주 뛰어났다.

오스카는 오늘 이니에스타와 지코가 합쳐진 모습을 보여주며 선덜랜드를 유린했다. 저게 지금까지 부진했던 그 선수와 동일 인물인지 의심이 갈 지경이었다.

─또 골입니다! 오늘 오스카는 완전 다른 선수가 되었군요.

─오스카만이 아니라 첼시의 전체적인 플레이가 아주 좋아졌습니다. 네, 오늘은 챔피언이라 할 수 있는 경기력이군요.

─감독이 경질되자마자 이런 경기력이라니⋯ 어쩌면 첼시는 논란을 피할 수 없을지도 모르겠습니다.

그 말대로 경기를 보는 팬들의 얼굴은 떫은 감을 씹은 것 같았다. 지금 보여주는 뛰어난 경기력은 그동안 무리뉴 아래에선 대충 뛴 걸 증명하는 것 같았기 때문이다.

그리고 후반 25분.

원지석은 두 명의 교체 카드를 썼다.

─아, 유망주 두 명이 교체로 들어갑니다.

―앤디 선수야 지난 시즌 데뷔를 했지만, 킴 선수 같은 경우는 이번이 처음 데뷔를 하는 겁니다.

오스카와 세스크 파브레가스가 빠진 자리에는 킴과 앤디가 들어갔다.

킴은 경기에 들어가기 전 허리를 숙여 잔디를 조금 뜯었다. 그 냄새를 맡으니 드디어 자신이 데뷔를 한다는 실감이 났다.

'드디어.'

얼마나 기다리던 데뷔인가.

아니, 어찌 보면 굉장히 빠른 데뷔일 것이다. 유소년에 입단하고 2년이 조금 넘어서 데뷔를 하는 셈이니.

'팀이 망한 게 오히려 기회가 되다니.'

원지석만이 기회를 잡은 게 아니다. 킴 또한 그랬다. 만약 1군 선수들의 폼이 정상적이었다면 이렇게 기회를 받지 못했을 테니까.

물론 데뷔만으로 만족할 수는 없었다. 데뷔를 하고 사라지는 유망주들이 얼마나 많던가.

"긴장했냐?"

원지석의 말에 킴이 콧방귀를 뀌며 어깨를 으쓱였다.

"내가? 눈이라도 나빠졌어? 아니, 나빠졌습니까?"

"그럴 줄 알았다. 갔다 와."

고개를 끄덕인 킴이 경기장 안으로 들어갔다. 어두운 하늘, 눈이 부시도록 빛나는 라이트. 거기에 사람들의 뜨거운 열기는 피부로 느껴질 정도였다.

앤디는 이미 자신의 자리에서 준비를 하고 있었다. 그는 킴을 보며 이를 드러내고 웃었다.

"잘해보자."

"그래."

다시 경기가 재개되었다. 세 골이나 먹힌 선덜랜드는 이미 전의를 상실한 상태였다. 덕분에 킴도 부담 없이 경기에 적응할 수 있었다.

중원은 킴과 앤디가 짝을 이루고, 그 뒤를 마티치가 보조하는 역삼각형 433이었다.

경기가 후반인 만큼 체력적으로 떨어진 상황. 거기다 선덜랜드가 의욕을 잃었기에 앤디와 킴은 선덜랜드 진영을 계속해서 누볐다.

─킴! 다시 한번 선덜랜드의 역습을 차단합니다!

─마치 전성기의 에시앙을 떠올리게 하는군요!

선덜랜드의 공격수에게서 공을 빼앗은 킴이 슬쩍 고개를 돌렸다. 자유로운 앤디가 보였다. 유소년 선수이기에 방심한 건지, 아니면 더욱 수비적인 전술이라 그런지.

어찌 되었든 둘에겐 좋은 일이었다.

킴의 패스가 앤디의 발끝에서 멈췄다.

거리는 꽤 있었다. 슛을 하기엔 무리였고 멀리 패스를 보내기엔 이미 선덜랜드 선수들이 자리를 잡은 상황이었다.

그때 페널티박스까지 달려가는 킴이 보였다.

자신에게 가해진 압박을 가볍게 풀어낸 앤디가 멋들어진 패스를 보냈다. 이젠 눈을 감지 않아도 꽤나 좋은 플레이를 보여주는 앤디였다.

길게 쏘아진 패스는 정확히 킴에게 배달되었다. 만약 타이밍이 조금이라도 맞지 않았다면 공이 먼저 지나갔거나, 그 뒤를 지나쳤겠지만 둘의 호흡은 너무나 좋았다.

쾅!

'왔다!'

강하게 슈팅을 한 킴이 발끝에서 전해진 짜릿한 감각에 본능적으로 눈을 크게 떴다.

가끔 이런 감각이 느껴질 때가 있다. 바로 골이 들어갈 때가.

공이 강하게 쏘아졌다. 너무 직선적이라 골키퍼가 쉽게 막을 것 같았지만, 슬슬 흔들리던 공이 갑자기 툭 떨어지며 골키퍼의 손 아래로 스쳐 지나갔다.

와아아!

처음으로 스탬포드 브릿지에서 환호다운 환호가 울려 퍼졌다. 배신자와는 거리가 먼 유소년이 데뷔전에서 환상적인 골을 성공시킨 것이다.

"우으으아아아아아!!"

골이 들어간 것을 확인한 킴이 괴성을 지르며 코너킥 포스트 부근을 향해 달렸다. 그러고는 무릎을 미끄러뜨리며 경례를 하는 셀레브레이션을 보였다.

꿈에서나 그리던 순간이었다. 심장이 터질 것만 같았다.

킴은 이쪽을 향해 열렬한 환호를 보내는 관중을 보며 씨익 웃었다.

─하하! 오늘 데뷔한 킴이 환상적인 데뷔골을 터뜨립니다!

─슛이나 셀레브레이션이나 디디에 드록바를 떠올리게 하는군요. 그러고 보니 킴 선수의 우상이 드록바라는 말이 있었는데, 아무래도 사실인 거 같습니다.

킴의 골 장면이 다시 리플레이가 되었다.

공을 탈취하고 앤디에게 패스를 할 때부터 그는 계속해서 상대방 진영을 향해 뛰고 있었다. 결국 거리가 꽤 있는 2 : 1 패스로 골을 성공시킨 것이다.

─지난번 앤디 선수도 데뷔전에서 환상적인 골을 넣은 적이 있죠? 그때는 궤적이 심하게 휘었다면, 이번에는 전형적인 무회전 슛이었습니다.

해설진들이 골을 설명하는 사이 선수들은 다시 자신의 진영으로 돌아가 자리를 잡았다.

첫 골의 여운이 아직도 가시지 않은 듯 들떠 있는 킴을 보며 앤디가 말했다.

"축하해."

"다 네 덕분이야. 고맙다."

그 말에 앤디가 부끄러운 듯 배시시 웃었다.

킴은 그런 앤디를 보며 마음을 진정시킬 수 있었다.

자신보다 훨씬 뛰어나고, 훨씬 거대한 잠재성을 가진 저 녀석을 보면 자만이란 걸 할 수가 없었다. 녀석이 얼마나 노력하는지 알기 때문이다.

"괴물 녀석."

앤디는 무슨 말이냐는 듯 고개를 갸웃거렸지만.

결국 첼시의 압도적인 승리로 경기가 끝났다.

예상대로 첼시의 뛰어난 경기력은 논란을 불렀는데, 무리뉴의 경질 바로 다음 경기인 만큼 태업을 의심하는 사람들은 이를 거의 확신으로 받아들이게 되었다.

혹자는 첼시 선수단을 향해 멍청하다고 하는 사람도 있었다. 대놓고 태업을 인증한 게 아니냐는 뜻이었다.

「[스카이스포츠] 원지석, 그들은 태업이 아니다」

경기가 끝나고 원지석은 그런 인터뷰를 했다. 그렇다고 해서 선수들을 비호하는 내용은 아니었다.

"이제 겨우 한 경기입니다. 거기다 상대는 첼시만큼 상황이 좋지 않은 선덜랜드입니다. 결국 강등권 팀이 강등권 팀을 잡은 것일 뿐이죠."

"그래도 선수들의 경기력이 너무 바뀌지 않았습니까?"

"한 가지 말을 하자면, 선수들은 시즌 시작 전부터 제대로 된 몸을 만들지 않았습니다. 결국 태업이 아닌 제 실력이죠."

이런 원지석의 인터뷰도 들끓는 여론을 잠재우지는 못했다.

하지만 관점을 다르게 본 언론도 있었다.

「[BBC] 감독대행 원지석의 성공적인 출발」

원지석의 첫 경기를 조명하는 기사 또한 있었다.

하지만 아직 자만하기엔 이른 상황이었다.

원지석은 곧 최악의 고난을 맞이해야만 했다.

곧 잉글랜드 축구의 최대 고비.

박싱 데이(Boxing Day)가 있기 때문이다.

*   *   *

박싱 데이.

영국의 연말 연휴를 일컫는 기간으로, 리그 일정도 이틀에 한 번씩이라는 빡빡함을 자랑한다.

보통 잉글랜드 리그의 우승권은 이때 가려진다는 게 정설일 정도로 매우 중요한 기간이기도 했다.

매우 험난한 일정을 얼마나 잘 대처하느냐에 따라 잘나가던 팀이 고꾸라질 수도, 반대로 부진하던 팀이 반등할 수도 있는 것이다.

"다르게 보면 기회죠."

원지석은 박싱 데이를 발판으로 삼기로 했다.

첼시는 27일에 왓포드를 홈으로 불러들이고, 29일에는 맨체스터 유나이티드 원정을 떠난다. 맨유 역시 최근 경기력으로 비판을 받기에 불가능한 상대는 아니었다.

그렇게 다가온 왓포드전.

원지석은 오히려 맨유보다 왓포드를 까다로운 상대라 생각했다. 최근 그 기세가 심상치 않기 때문이다. 4연승, 그 승리에는 리버풀에게 대승을 거둔 경기도 있기에 안심할 수 없는 팀이었다.

선발 라인업은 대대적인 로테이션이 이루어졌다.

수비에는 바바 라만, 케이힐, 커트 주마, 아스필리쿠에타가 포백을 이루었다.

중원은 앤디와 킴이 짝을 이루고 그 뒤를 하미레스가 받치는 역삼각형 형태였다.

공격진은 페드로와 코스타, 그리고 최근 매우 좋은 모습을 보여주는 윌리안이 삼각 편대를 이루었다.

선발 라인업에 이름을 올린 두 유망주를 보며 사람들의 관심이 집중되었다. 선덜랜드와의 경기에서 후반전에 들어간 둘이 좋은 모습을 보여주었지만, 벌써 선발로 나올 줄은 예상하지 못한 듯했다.

경기 시작 전 기자들과 인터뷰를 하는 믹스트 존.

원지석은 그에 대한 질문에 이렇게 답했다.

"최상의 라인업이라고 생각합니다. 박싱 데이는 아주 힘겹고, 우리는 매우 좋은 유망주를 가지고 있죠. 쓰지 않을 이유가 없어요. 이들이 기회를 잘 살린다면 이후에도 자주 볼 수 있겠죠."

이러한 인터뷰는 사람들에게 기존 주전들에 대한 경고라고 받아들여졌다. 자기 자리 지키고 싶으면 정신 똑바로 차리라는 말을 우회로 했다는.

그렇게 시작된 왓포드전은 힘겨웠다. 왓포드 선수들은 자신이 왜 첼시보다 높은 순위에 있는지 알려주려는 것처럼 공격적인 모습을 보여주었다.

"야, 인마! 압박 똑바로 해!"

원지석이 실수를 한 킴에게 버럭 소리를 질렀다. 그 말에 킴은 인상을 찌푸리며 고개를 끄덕였다.

킴은 오늘에서야 유소년 축구와 프로축구의 차이를 확실히 느끼는 중이었다. 선덜랜드전 같은 경우는 의욕을 잃은 선수들을 상대했기에 비교적 쉬웠지만, 오늘은 다르다.

그런 킴이 실수를 할 때마다 원지석이 큰 몸짓으로 꾸짖고 빨리 움직이라며 소리쳤다.

다행인 점이 있다면 오늘 수비형미드필더로 나온 하미레스가 꽤나 좋은 모습을 보여주고 있다는 점이었다.

두 가지 이상의 명령어를 내리면 오작동을 일으키는 하미레스였지만 오늘 그에게 주어진 임무는 간단했다. 수비하는 것. 그는 그 명령을 아주 잘 따라주고 있었다.

다시 공을 빼앗은 하미레스가 자유롭던 앤디에게 공을 보냈다. 앤디는 그 공을 원터치로 멀리 보냈다. 보는 사람이 감탄할 환상적인 롱패스였다.

―아! 앤디! 측면으로 쇄도하던 윌리안에게 정확히 패스를 합니다!

―아주 환상적인 패스였습니다. 어린 나이임에도 매우 좋은 시야와 패싱력을 가지고 있군요.

그 패스를 받은 윌리안은 이번 시즌 첼시에서 가장 폼이 좋은 선수 중 한 명이었다.

윌리안이 공을 깊숙이 끌고 가다가 몸을 돌렸다. 그대로 페널티에어리어를 돌파할 것이냐, 아니면 쇄도하는 선수들에게 패스를 줄 것이냐.

그의 선택은 골문 근처를 어슬렁거리던 디에고 코스타였다. 아웃프런트로 찬 크로스가 정확히 코스타에게 배달되었다.

철썩!

골 망이 출렁이는 소리가 울렸다.

코스타가 감각적인 슈팅으로 결국 골을 만들어낸 것이다.

와아아!

팬들이 셀레브레이션을 하는 코스타에게 환호를 보냈다. 태업설이 피어나는 와중에도 코스타는 그 목록에서 빠지는 게 가능했는데, 최근 몸을 만들기 위해 추가로 훈련을 받는다는 게 알려졌기 때문이다.

하지만 왓포드는 쉬운 상대가 아니다.

기어코 동점골을 만든 그들은 결국 역전골을 성공시키며 스탬포드 브릿지를 침묵하게 했다.

2 : 1.

첼시가 승리하려면 두 골이 더 필요했다.

"야 이 개새끼들아! 정신 똑바로 안 차려?!"

원지석이 매우 화내는 장면이 카메라에 잡혔다. 그 모습을 보던 현지 해설자들이 가벼운 웃음을 터뜨렸다.

─원이 아주 화가 났나 보군요.

─그럴 만도 합니다. 두 골 다 수비진의 실책으로 아쉬운 실점이라 할 수 있었습니다. 특히 바바 라만의 지능적이지 못한 플레이가 아쉽군요.

바바 라만은 이른바 피지컬로 먹고사는 수비수였다. 그렇기에 경기 중 복잡하고 긴급한 상황이 나오면 얼타는 모습을 자주 보여주었다.

결국 원지석이 승부수를 빼 들었다.

맨유전을 대비해 벤치에서 휴식을 준 아자르를 경기에 투입시킨 것이다.

아자르는 이번 시즌 매우 극심한 부진에 빠진 상황이었다.

지난 시즌 잉글랜드 올해의 선수상을 수여받은 그였지만, 이번 시즌엔 아직까지 리그에서 한 골을 넣지 못하고 있었다.

"가서 죽여."

원지석의 말에 아자르가 조용히 고개를 끄덕였다.

페드로 대신 경기장에 투입된 아자르는 꽤나 좋은 모습을 보여주었다. 경기 시간대가 후반인 만큼 지친 왓포드의 수비진을 농락했다.

결국 다시 기회가 찾아왔다.

앤디의 환상적인 킬패스를 받은 코스타가 짐승 같은 움직임으로 동점골을 넣은 것이다.

"굿 패스!"

상황이 상황에다 시간이 시간이다. 골 셀레브레이션을 생략한 코스타가 대신 앤디에게 엄지를 내밀고 서둘러 자신의 자리로 향했다.

"몰아붙여!"

터치라인에 있는 원지석이 쩌렁쩌렁 소리를 지르며 첼시 선수들을 격려했다. 그 시끄러운 경기장에서도 귓가를 파고드는 소리에 선수들이 정신을 각성시켰다.

삐익!

마침내 마지막 기회가 찾아왔다.

시간은 88분.

그다지 멀지 않은 거리에서 얻은 프리킥 찬스였다.

"후우."

키커는 두 명이 서 있었다.

최근 프리킥으로 많은 골을 넣고 있는 윌리안과, 유망주 앤디가 서로 대화를 나누는 중이었다.

"네가 찰래?"

"그래도 될까요?"

"물론이지. 너 잘 차던데."

윌리안은 프리킥 훈련에서 앤디가 공을 차는 것을 보았다. 솔직히 말해 몰래카메라인가 싶었지만, 끝내 몰카 종료라는 피켓은 나오지 않았다. 그 정도로 귀신같은 킥을 차는 녀석이었다.

삐익!

선수들의 자리를 잡아준 심판이 프리킥을 차라는 휘슬을 불었다.

맨 처음 달린 것은 윌리안이었다. 하지만 그가 슛을 하지는 않았다. 공을 차는 척하며 그대로 지나가는 페이크를 하자 선수들의 움직임이 움찔거렸다.

그때였다.

눈을 감은 앤디가 달린 것은.

쾅!

아주 강한 소리와 함께 공이 쏘아졌다. 그것도 골대 위를 지나칠 것 같았지만 귀신같이 휘어 들어가며 골문 구석을 노렸다.

철썩!

와아아아아!

팬들의 환호와 함께 앤디에게 달려간 첼시 선수들이 소년을 껴안으며 소리를 질렀다.

"이 꼬마, 아주 물건인데!"

코스타가 함박웃음을 지으며 앤디의 등을 두드렸다. 그의 무서운 인상 덕분에 아이를 유괴하려는 사람처럼 보였지만, 아무튼 분위기는 좋았다.

그렇게 경기는 끝났다.

3 : 2.

역전의 역전을 거듭한 첼시의 승리였다.

*   *   *

왓포드전으로 화제가 된 것은 세 가지였다.

첫 번째는 폼을 점점 회복하는 코스타.

두 번째는 이번에도 활약한 앤디.

세 번째는 다름 아닌 원지석이었다.

영국 공영방송 BBC의 축구 분석 프로그램인 MOTD(Match Of The Day)에서도 이 세 가지를 다루었다.

"코스타는 오늘 두 골을 넣으며 이번 시즌 첫 멀티골을 기록했습니다. 추가로 받는다는 훈련의 효과가 나오는 것일까요?"

"사실 코스타 같은 경우는 꽤 오랫동안 추가 훈련을 받았다고 합니다. 무리뉴에겐 애석한 일이지만, 골맛을 이제야 보는 거 같군요."

"그리고 이 소년의 활약을 빼놓을 수 없습니다."

그들은 하나의 영상을 재생시켰다.

앤디의 플레이를 기록한 영상이었다.

"앤디. 앤드류 요크. 아직 성인도 되지 않은 유망주임에도 이번 경기에서 보여준 활약은 분명 놀랍군요."

"특히 이 패스 말입니다만, 왓포드의 단단했던 수비진을 한순간에 붕괴시키는 환상적인 패스였습니다."

그것은 앤디가 논스톱으로 윌리안에게 패스를 하는 장면이었다.

"공을 원터치로 바로 보냈어요. 패스를 받기 전부터 팀원들의 위치를 확인하고는 뛰어난 예측력으로 뿌린 패스였습니다."

이후 비슷한 장면이 더 나왔다.

코스타에게 어시를 하는 장면이었다.

"이번에도 코스타가 어디로 들어갈 줄 알고 정확히 찔러줬어요. 이걸 노련하다 해야 할까요? 경기를 읽는 눈이 탁월합니다."

앤디가 눈을 감고 공을 찰 때, 항상 중요했던 것은 골대 위치가 어디 있고 공은 어디 있는지 예측하는 것이었다. 그러다 보니 자연스레 얻어진 예측력은 부산물에 가까웠다.

마지막으로 눈을 감고 프리킥을 차는 장면에선 패널들은 입을 다물었다.

"마법 같군요."

"지난 시즌 맨 시티전에서도 눈을 감고 찬 적이 있습니다. 그때는 모든 사람이 운으로 치부했지만, 이제는 모르겠어요. 눈을 감은 프리 키커라니. 하하, 빌헬름 텔이라도 되는 걸까요?"

빌헬름 텔, 영어로는 윌리엄 텔이라 불리며, 아들의 머리 위에 올려진 사과를 활로 맞힌 이야기의 주인공이기도 하다.

"그럼 마지막입니다. 사실 이 사람의 분석을 듣고 싶은 사람들이 제일 많을 거라 생각해요."

"후후, 재미있군요."

영상에 떠오른 사람은 원지석이었다.

"사실 아직 두 경기뿐이니 원을 평가하기엔 이른 시간이라 할 수 있습니다. 그러니 자세히 알아보는 것은 시즌이 끝난 뒤에 해도 늦지 않을 거 같군요."

"동의합니다."

영상 속의 원지석은 큰 제스처와 함께 끊임없이 소리를 지르고 있었다.

"끊임없이 선수들을 자극합니다. 이러한 유형은 이탈리아의 안토니오 콘테 감독이나, 리버풀의 클롭 감독과 비슷하다 할 수 있습니다."

"매우 열정적인 사람이죠. 어찌 보면 지금 첼시에게 가장 적합한 사람으로도 보입니다. 매너리즘과 패배주의에 찌들었던 첼시 선수단을 각성시킨 감독이니까요."

"다음 경기는 맨체스터 유나이티드를 상대하기 위해 올드 트래포트로 떠납니다. 맨유의 판 할 감독이 경질설에 흔들거리는 중이지만, 그래도 어떻게 될지는 모르겠군요. 흥미로운 경기가 될 거 같습니다."

그렇게 MOTD는 끝났다.

그 영상이 한국에서 화제가 되어 자막이 달리며 널리 퍼질 동안, 원지석은 맨유전을 위해 맨체스터에 도착한 상황이었다.

올드 트래포트.

무려 74,994석이라는 좌석은 잉글랜드 내에서 두 번째로 큰 경기장이었다. 첫 번째가 웸블리라는 걸 생각하면 리그 내에선 가장 크다 할 수 있는 크기였다.

맨유에서 전설을 쓰고, 오랫동안 리그를 군림해 온 알렉스 퍼거슨은 이제 없다. 맨유는 아직 그 후유증을 극복하지 못하고 있는 상황이었다.

첫 후임이던 데이비드 모예스는 조롱 끝에 첫 시즌을 채우지 못하고 경질당했다.

두 번째 후임인 루이 판 할 감독은 경기력도 성적도 팬들을 만족시키지 못하며 경질설에서 자유롭지 못한 상황이었고.

그래도 맨유는 챔피언스리그 티켓을 따내기 위해 경쟁하는 팀이다. 강등권을 벗어나기 위해 발버둥을 치는 첼시와 비교할 수는 없었다.

벌써부터 라커 룸 밖에선 맨유의 응원가가 쩌렁쩌렁 울리고 있었다.

"겁먹었어요?"

원지석이 말없는 선수들에게 물었다.

그 물음에 디에고 코스타가 코웃음을 치며 답했다.

"미쳤냐?"

"저 당신의 그런 면을 좋아해요."

코스타는 매우 다혈질적인 남자였다. 그 성격 때문에 경기장에서 파울도 자주 범하지만, 원지석은 교체로 사고를 치기 전 겨우 불러들일 수 있었다. 그만큼 그의 승부욕은 지금 이 팀에게 가장 중요한 것이다.

"가요."

원지석이 라커 룸을 빠져나가며 말했다.

"전반기 마지막 경기, 잘 마무리하죠."

삐익!

맨유 VS 첼시.

그 경기가 시작되었다.

*　　　　　*　　　　　*

우우우우!

경기장에 들어서니 상대 팀을 향한 홈 팬들의 야유가 쏟아졌다. 확실히 7만 명을 수용 가능한 경기장의 위압감은 굉장했다. 하지만 그게 겁먹을 이유가 되는 건 아니다.

'홈 팬들한테 욕을 처먹는 상황에.'

아군은 없다. 그렇게 생각하면 편했다.

그때 굳은 얼굴의 앤디가 보였다.

원지석은 소년의 등을 두드리며 말을 걸었다.

"쫄았니?"

"솔직히 말하면 그래요."

앤디는 순수하게 고개를 끄덕였다. 원지석 앞에서 거짓말을 하면 얻을 게 없다는 걸 오래전에 깨달았기 때문이다.

"하긴 그럴 만하다."

앤디는 이렇게 많은 관중들이 처음이었다. 더군다나 자신을 욕하기 위해 모인 사람들이라고 생각하니 새가슴에겐 굉장히 부담 가는 일일 것이다.

그럼에도 원지석은 눈앞의 겁쟁이 소년을 선발 명단에 포함시켰다. 당연했다. 파브레가스의 폼을 확신할 수 없는 이상, 눈앞의 꼬마는 가장 믿을 만한 플레이메이커였다.

"만약 저 사람들 소리 때문에 힘이 들면, 내가 소리치는 것만 들으면 돼. 괜찮아. 내 목소리는 작은 편이 아니라 네가 어디서 뛰든 다 들을 수 있을 거야."

이를 드러내며 웃는 원지석을 멍하니 보던 앤디가 고개를 끄덕였다.

"네."

곧 경기가 시작되었다.

오늘 전술에서 앤디는 중원의 핵심적인 역할을 맡았다. 그런 소년을 돕기 위해 하미레스가 짝을 이루고, 그 밑은 마티치가 보조했다.

킴은 벤치에 앉았다. 왓포드와의 경기를 지켜본 결과 아직 빅 매치에 내보낼 수준이 아니었기 때문이다. 경험을 쌓으며 더 성장해야 했다.

수비 쪽에도 약간의 변화가 있었다.

팀의 주장인 존 테리가 선발로 나온 것이다.

이번에도 이바노비치는 없었다.

경기의 속도감은 빨랐다. 양 팀 모두 강한 압박과 빠른 공수 전환을 하다 보니 그 느낌이 더했다.

퉁!

아자르가 찬 공이 골대를 멀리 벗어나며 관중석 사이를 때렸다. 그가 머쓱해하며 머리를 긁적일 때, 원지석이 박수를 치며 격려했다.

"잘했어!"

확실히 이번 경기에서 아자르의 움직임은 가벼웠다. 사실 본인의 폼이 조금씩 올라온 것도 있지만 맡은 역할이 다른 것도 컸다.

무리뉴의 밑에서 아자르는 많은 수비 가담을 요구받았다. 이것은 팀이 전체적으로 단단해지는 효과가 있지만, 개인적인 능력이 제한받는 한계가 있기도 했다.

그럼에도 아자르는 뛰어난 모습을 보였다. 첼시를 리그 우승까지 이끌며 올해의 선수상을 받았으니까.

하지만 이번 시즌은 본인의 몸 관리를 실패하며 최악의 상황으로 치달았다. 안 그래도 무거워진 몸에 두꺼운 갑옷은 역

효과가 날 뿐이었다.

그렇기에 원지석은 아자르를 자유롭게 풀어주었다. 단단한 갑옷을 벗었지만 덕분에 날카로운 칼날을 얻은 것이다.

그리고 지금.

—아자르! 측면을 돌파합니다! 아자르, 아자르!! 골!! 수비수들을 허수아비로 만든 그가 멋진 골을 성공시킵니다!

—이번 시즌 첫 번째 리그 골!

아자르가 환하게 웃으며 골 셀레브레이션을 했다. 빅 매치에서 넣은 골은 그동안 무거웠던 부담감을 한결 덜어줬을 것이다.

덕분에 지금까지 팽팽하게 유지되었던 경기는 골이 들어간 순간부터 바뀌었다.

홈에서 질 수는 없었기에 맨유는 더욱 적극적으로 공격을 시작했고, 첼시는 조금 더 여유롭게 경기를 풀어나가는 양상이었다.

그중에서도 앤디는 눈에 띄는 모습을 보여주며 원지석의 믿음에 보답했다.

소년의 발끝에서 뿌려지는 패스는 정확했으며 또한 날카로웠다. 더군다나 첼시의 점유율이 그다지 밀리지 않는 것도 앤디의 활약이 돋보이는 부분이었다.

수비진에서는 존 테리의 활약이 뛰어났다.

지난 시즌만 하더라도 리그 전 경기를 연속 출장하며 대기록을 세운 그였지만, 이번 시즌은 달라도 너무 달랐다. 최악의 부진 속에서 팀의 주장은 아무것도 하지 못했다.

하지만 오늘 그는 노련함이 무엇인지 알려주겠다는 듯 좋은 활약을 펼쳤다. 특히 그의 지휘를 받은 주마 또한 좋은 모습을 보여주었다.

삐익!

그러다 프리킥이 주어졌다.

찬스는 첼시의 것이었다.

맨유가 전술을 공격적으로 바꾼 만큼 자연스레 수비는 헐거워졌다. 그 틈을 노리던 아자르를 막기 위해 결국 파울을 범한 것이다.

키커는 앤디였다.

이젠 그 누구도 앤디가 키커를 하는 데 다른 말을 하지 않았다.

앤디는 눈을 감았다.

중계 카메라 또한 그 모습을 잡았다.

―앤디가 또 눈을 감는군요.

―런던의 빌헬름 텔이 또 한 번 사과를 맞힐 수 있을까요?

휘슬이 울리고 앤디가 공을 차기 위해 몸을 움직였다.

이번엔 강한 슛이 아니었다. 가볍게 공을 띄우는 칩슛에 가까웠지만 앤디는 골을 확신했다. 발끝에서 전해진 짜릿한 느낌이 골을 확신하게 해주었다.

하지만 그 느낌은 빗나가고 말았다.

―아! 데 헤아 골키퍼! 슈퍼세이브입니다!

―정말 괴물 같은 반응 속도였습니다!

앤디는 허망한 눈으로 튕겨 나간 공을 바라보았다.

골대 구석에 떨어질 거라 예상되었던 공은 갑자기 튀어나온 손에 의해 막혀 버리고 말았다. 맨유의 수문장인 데 헤아의 엄청난 세이브였다.

"와, 미친!"

터치라인에 있던 원지석도 경악하며 고개를 들었다.

완벽하다고 생각한 슈팅이 막혔다. 특히 키커인 앤디의 충격은 더한 모양이었다. 이럴 수가 있는가? 백 퍼센트의 확률이 부정당한 이 느낌.

앤디로선 처음 느껴보는 절망감이었다.

"야! 뭐 한 번 놓친 거 가지고 그러냐! 계속 넋 놓고 있을 래?!"

원지석의 꾸지람에 겨우 정신을 차린 앤디는 이어진 코너킥을 준비했다. 이번에도 공을 잡은 것은 데 헤아였다.

"우리가 이기고 있는 상황이야. 그리고 넌 충분히 잘하고 있으니 그렇게 실망할 필요는 없어."

팀의 주장인 존 테리가 앤디를 다독여 주었다.

이후 세스크 파브레가스와 킴이 경기에 투입되었다. 경기를 굳히기 위해서였다.

"인마, 정신 안 차려?"

"머하흔거헤혀."

벤치로 들이오는 앤디를 불러 세운 원지석이 그대로 소년의 양 볼을 꼬집었다. 아직 젖살이 빠지지 않아서 그런지 떡처럼 말랑말랑한 게 그립감이 좋았다.

"네가 무슨 대단한 실수를 한 게 아니야. 그러니 그렇게 세상 무거운 표정 짓지 말라는 거다, 이 꼬맹아."

"…네."

"잘했어. 들어가 쉬어."

경기는 끝을 향해 달려갔지만 더 이상의 골은 터지지 않았다.

거기서 마지막 쐐기로 중앙수비수 케이힐을 투입시키며 더욱 수비적인 자세를 취했다.

그렇게 경기는 종료.

1 : 0.

첼시의 승리였다.

*   *   *

「[스카이스포츠] 첼시, 감독 교체 후 3연승 질주」

「[BBC] 강등권을 탈출한 첼시」

「[텔레그래프] 원지석, 힘든 싸움 끝에 맨유를 잡아내다」

첼시와 맨유의 경기는 꽤나 많은 기삿거리를 내었다. 리그 첫 골을 넣고 꽤나 좋은 모습을 보여준 아자르는 MOM(Man Of The Match)에 선정되며 그 활약을 인정받았다.

더욱이 앤디의 프리킥을 막은 데 헤아의 선방 또한 많은 관심을 받았다. 동시에 맨유의 감독인 판 할의 경질설도 더욱 무게가 실렸다.

「[가디언] 박싱 데이를 훌륭하게 소화한 원지석」

원지석은 자칫 위기가 될 수 있었던 박싱 데이를 오히려 기회로 삼으며 분위기 반전에 성공했다.

덕분에 첼시 팬들은 최악의 전반기에서 그나마 나은 연말을 보내게 되었다. 그로 인해 원지석에 대해 호의적인 시선을 보내는 사람들 또한 적지 않았다.

—원은 산타가 보낸 선물이야.
—산타가 보낸 선물은 앤디겠지.
—그럼 앤디를 키운 원이 산타냐?

그러는 사이 원지석은 한 사람을 만나고 있었다.

그 사람은 여성이었다. 그것도 꽤나 아름다운.

컬을 넣은 금발, 하늘처럼 맑은 푸른 눈.

타이트한 붉은색 가죽 재킷과 청바지는 그녀의 몸매를 가감 없이 그대로 보여주었다. 그 마무리는 종아리까지 오는 검은색의 부츠였다.

딱히 달리 만날 사람이 있을까.

캐서린이었다.

맨유전이 끝나고 원지석은 선수단에 짧은 휴식을 주었다. 아무리 빡빡한 박싱 데이라도 숨은 쉬어야 하지 않겠는가.

"축하해요. 감독 데뷔도 그렇고, 엊그제 승리도 그렇고."

그녀의 말에 원지석이 고맙다며 웃었다.

지금 이 순간이 좋았다. 오죽했으면 감독대행으로 부임하고 정신없이 바쁠 때에도 캐서린의 미소가 떠오를 정도였다.

그래서 원지석은 휴일을 맞아 그녀에게 먼저 연락을 걸었다.

캐서린은 캐서린 나름대로 갑작스러운 데이트 신청에 기뻐했다. 원지석이 워낙 힘든 상황이란 걸 알았기에 연락을 하기가 조심스러웠기 때문이다.

덕분에 메이크업이나 의상도 전보다 더 힘을 냈다. 원지석이 괜히 눈을 마주치지 못하는 걸 보면 헛된 일은 아닌 모양이었다.

"갈까요?"

내밀어진 손에 원지석이 피식 웃으며 그 손을 잡았다.

한 해의 마지막 날이라 그런지 거리는 불빛과 사람들로 혼잡했다. 그럼에도 이 거리에 둘이 함께 있다는 것은 묘한 느낌을 주었다.

밥을 먹고, 옷을 보고, 길거리의 노점상을 돌아다니는 소소하지만 즐거운 시간이었다.

펑!

그때 밤하늘을 수놓는 불꽃이 터졌다.

새해를 맞이하며 런던시에서 준비한 불꽃놀이가 시작된 것이다.

"와!"

캐서린이 터지는 폭죽들을 가리키며 눈을 크게 떴다.

"예쁘네요."

"그렇죠?"

"아, 결국 새해가 왔네요. 또 나이를 먹는다는 것만 빼면 다 좋은데."

배시시 웃는 그녀를 멍하니 보던 원지석이 볼을 긁적거리며 말했다.

"괜찮으시다면."

"네?"

"내년에도 또 볼까요, 불꽃놀이."

그 말에 캐서린의 눈이 크게 떠졌다.

퍼버벙!

새해를 알리는 불꽃이 축포처럼 쏘아졌다.

*　　　　*　　　　*

그렇게 각자가 각자의 휴일을 보내고.

대망의 겨울 이적 시장이 찾아왔다.

팀의 부족한 점을 채워줄, 바로 경기에 뛸 수 있는 즉시 전력 선수들을 영입하는 겨울 이적 시장에서 첼시는 매우 좋지 못한 상황이었다.

누구나가 알기 때문이었다. 현재 첼시라는 팀이 붕괴 수준인 것을.

더군다나 2월에는 챔피언스리그를 준비해야 했다. 상대는 또다시 만난 PSG. 지난 시즌 첼시를 16강에서 떨어뜨린 그 팀이었다.

그만큼 첼시의 사정은 절박했고, 이를 이용할 팀들은 절대 자신의 선수들을 싼값에 팔지 않을 터였다.

결국 여름에 돈 몇 푼 아끼겠다고 버티다가 패닉 바이를 할 처지가 된 것이다.

여름과는 달리 겨울 이적 시장은 거래가 진행되는 와중에도 리그는 계속 진행된다.

우려와는 달리 첼시의 상승세는 고무적이었다. 1월 첫 경기인 크리스탈 팰리스전에서 대승을 거두고, 이후에도 연승 행진을 거두며 차근차근 승점을 쌓아갔다.

거기서 눈에 띄는 것은 코스타와 아자르의 변신이었다.

코스타는 매일 추가로 훈련받은 게 이제야 효과를 보듯 매 경기에서 골을 넣었다. 원지석은 아자르 또한 추가 훈련을 지시했는데 효과는 빠르게 나오고 있었다.

하지만.

팀의 상승세와는 다르게 원지석은 보드진과 작은 마찰이 있었다.

「[텔레그래프] 첼시, 코린치안스의 파투 영입?」

파투는 한때 촉망받는 유망주였지만, 결국 유리 몸을 고치지 못하고 브라질로 돌아간 공격수였다. 이 소식을 접한 원지석은 당장 보드진에게 항의했다.

"미쳤습니까? 브라질에서도 유리 몸에 최근 구설수만 오른 선수를 영입하게? 더군다나 그쪽은 지금 프리시즌이라 몸도 만들지 못했을 텐데."

"영입은 우리의 소관이다만."

그렇게 말한 사람은 에메날로 기술 이사였다. 파투의 영입을 추진하는 사람이기도 했다.

"이 영입은 안 됩니다."

"자네가 거절한다고 뭐 바뀔 게 있겠는가?"

"분명 제가 감독직을 수락할 때 끝난 이야기입니다. 제가 무슨 짓을 하건 용납해 준다고."

확실히 그런 말이 나오긴 했다.

보드진 회의를 거치고, 최종적으로 로만마저 고개를 끄덕인 일이었다.

쾅!

두 손으로 책상을 내리친 그가 으르렁거렸다.

"분명히 말하는데, 이 영입 성사되면 다 때려칠 겁니다."

에메날로와 원지석의 시선이 허공에서 얽혔다.

크흠.

에메날로의 불편한 기침 소리.

그것은 현재 둘의 관계를 단적으로 말해주는 것이기도 했
다.

*   *   *

「[텔레그래프] 첼시, 파투 영입 포기?」

텔레그래프에서도 첼시를 전담하는 기자인 맷 로.

그는 첼시에 한해서 공영방송인 스카이스포츠, BBC에 근
접하는 공신력을 자랑한다.

처음 파투의 영입설을 알린 것도 맷 로였다.

그러나 그걸 부정하는 내용의 기사를 쓴 것도 맷 로였다.

「꽤나 근접했던 걸로 알려진 파투의 영입은 틀어질 것으로 보
인다. 감독인 원이 그의 영입을 원치 않기 때문이다.」

경기를 앞둔 믹스트 존.

원지석 역시 이에 대한 질문에 답변했다.

"만약 파투를 영입한다면, 두 달 가까이 그의 몸을 만드는 데 시간을 보내야 합니다. 우리는 당장 경기에 나설 선수가 필요한 거지, 그런 여유는 부릴 수 없어요."

"겨울 이적 시장이 얼마 남지 않았습니다. 남은 시간 동안 눈여겨보고 있는 선수는 있습니까?"

그 질문에 원지석은 어깨를 으쓱였다.

"모르겠군요. 그럴 매물이 있으면 좋겠지만 쉬운 일은 아닙니다. 모두가 바가지를 씌우려는 상황이니까요. 그러니 일단은 비밀로 하겠습니다."

그렇게 말하며 눈을 찡긋거리자 기자들 사이에서 웃음이 터져 나왔다.

사실 매물이 있다고 해도 살 수 있을지는 의문이었다. 에메날로와 마찰 이후, 영입에 관련해서 아무런 지원이 없을 거라고 각오했기 때문이다.

"하미레스가 중국으로 이적한다는 루머가 계속해서 나오고 있습니다. 이적료도 꽤나 높은 걸로 아는데 어떻게 하실 생각입니까?"

그 말은 사실이었다.

중국 구단인 장쑤 쑤닝에서 하미레스에게 제의한 금액은 2,500만 파운드. 한화로 약 430억이라는 엄청난 액수였다.

서른이 가까워지는 데다가 기량 또한 낮아졌다는 하미레스였기에 구단 입장에선 거절할 수가 없는 오퍼인 셈이었다.

하지만.

"거절할 겁니다."

원지석의 말은 단호했다.

첼시는 겨울 이적 시장 동안 딱히 이렇다 할 영입은 없었다. 반대로 방출이 있었다.

에메날로의 작품이며, 한 경기도 뛰지 못한 질로보지가 결국 브레멘으로 임대를 떠난 것이다.

그런 상황에 원지석은 하미레스가 팔려가는 것을 원치 않았다.

"다음 이적 시장이면 몰라도 적어도 지금은 아닙니다."

하미레스는 수비형미드필더도, 중앙미드필더도, 윙어로도 뛸 수 있는 멀티플레이어였다. 더군다나 새로운 전술에서 그의 역할은 매우 중요했다.

그의 중요성을 알렸기에 적어도 이번 겨울에 팔릴 것이라 생각되진 않았다.

"이번 경기만 이기면 별다른 보강 없이 1월을 전승으로 마감하게 됩니다. 그런 만큼 아스날전에 신경이 갈 텐데요?"

그 기자의 말처럼 첼시는 1월에 있던 모든 경기를 승리했다. 마지막 경기인 아스날전을 제외하고 말이다.

"아스날은 강팀이니 힘든 경기가 되겠죠. 하지만 그런 기록에 신경을 쓰진 않아요. 약팀이든 강팀이든 승점 3점을 따내지 못한다면 의미가 없습니다."

그렇게 사람들이 기대하던 경기가 시작되었다.

아스날은 첼시전을 앞두고 에이스인 메수트 외질과 알렉시스 산체스가 복귀했다. 더군다나 원정 경기인 만큼 고전이 예상되는 상황.

원지석은 그런 아스날을 상대로 전술에 변화를 주었다.

그 선발 명단을 보고 사람들은 깜짝 놀랐는데, 전체적으로 파격적인 라인업이었기 때문이나.

첼시의 전술은 쓰리백이었다.

세 명의 센터백과 양옆에 윙백을 두는 것은 전통적인 쓰리백과 같았다.

하지만 세부적으로는 전혀 다른 느낌을 주었는데, 바로 그 구성 인원에 있었다.

먼저 풀백인 아스필리쿠에타가 오른쪽 측면 센터백으로 변신했다. 좌우 풀백 가리지 않고 좋은 활약을 보여준 그였지만, 센터백으로는 처음이었기에 우려하는 사람들이 많았다.

더 파격적인 것은 오른쪽 윙백으로 하미레스가 나왔다는

점이었다. 가끔씩 윙어로 나온 적은 있었지만 역시나 윙백으로선 처음 나오는 일이었다.

쓰리백은 케이힐, 주마, 아스필리쿠에타로 구성되었다.

양쪽 윙백으로는 바바 라만과 하미레스가.

중원에선 킴과 마티치가 짝을 이루었으며 공격형미드필더로 세스크 파브레가스가 출전했다.

공격 쪽에선 아자르와 코스타가 섰다.

사실상 투톱으로, 3412의 포메이션이었다.

'어차피 포메이션 따위 숫자 놀음이야.'

한 경기에서도 진형이 계속해서 바뀌는 게 현대 축구였다. 이번 전술만 하더라도 공격과 수비일 때 그 모습이 전혀 달랐다.

─원이 아스날을 상대로 파격적인 포메이션을 들고 왔습니다.

─하지만 쓰리백이 익숙하지 않은 듯 꽤나 고전하는군요.

삐익!

전반전이 끝났다.

골이 먹히지 않은 게 다행이라 할 정도로 힘겨웠던 첼시의 전반전이었다.

라커 룸에 들어간 원지석은 그런 선수들을 나무라지 않았다. 대신 잘하고 있다며 격려를 해주었다.

"아스피, 오늘 정말 잘하고 있어. 넌 씨발 존나 쩐다고."

원지석의 말에 아스필리쿠에타가 멋쩍게 웃으며 머리를 긁적거렸다.

그 말대로 오늘 그의 활약은 놀라울 정도였다. 단순한 수비 능력만이 아니라 주마와 하미레스에게 지시를 하며 수비라인을 정리했다.

만약 아스필리쿠에타가 아니었다면 몇 골은 실점하고도 남았을 것이다.

"하미레스도 좋았어요. 굿."

원지석의 엄지에 하미레스가 함박웃음을 지었다.

그 역시 오늘 자신이 맡은 역할을 잘 소화하며 원지석을 흡족케 했다.

익숙하지 않은 윙백인 만큼 헷갈리는 모습을 보였지만, 주변에서 수시로 자리를 교정해 주니 심한 정도는 아니었다. 더군다나 역습 때 하미레스가 보여주는 빠른 스피드와 드리블은 꽤나 위협적이었다.

"킴, 너도 잘하고 있어."

앤디를 대신해 선발로 출전한 킴은 오늘 왕성한 활동량으로 팀에 도움을 주었다.

그렇게 한 명씩 칭찬을 하던 원지석은 마지막으로 세스크 파브레가스에게 가서 말했다.

　"세스크, 오늘 야유 소리 들었죠?"

　한때 아스날에서 주장까지 하며 팬들의 사랑을 받았던 파브레가스는, 이제 배신자 소리를 들으며 야유를 받았다.

　"신경 안 써."

　파브레가스는 어깨를 으쓱였다.

　어린 나이에 일찍 데뷔를 한 그는 이제 많은 경험을 쌓은 베테랑이라 할 수 있었다.

　바르셀로나에서 자리를 잃고 첼시로 이적을 할 때에도 그런 야유 소리는 각오한 바였다.

　"그래도 세스크가 실수할 때 벵거 감독 표정 봤어요? 실실 쪼개고 있던데."

　원지석은 옆에서 그런 베테랑을 슬슬 자극했다.

　"……."

　그는 벵거 이야기가 나오자 입을 다물었다. 아스날은 파브레가스를 먼저 영입할 수 있었지만 그러지 않았다. 이미 외질이란 정상급 미드필더를 영입했기 때문이다.

　"오늘 외질 보니깐 못하던데, 그거보단 잘해야죠?"

　더 이상 말은 필요 없었다.

　파브레가스의 어깨를 두드린 원지석이 씨익 웃으며 라커 룸을 나갔다.

"악마."

그 모습을 옆에서 보던 킴이 어깨를 부르르 떨며 중얼거렸다. 하지만 효과는 확실했던지 파브레가스의 눈이 이글이글 불타는 게 보였다.

삐익!

후반전이 시작되었다.

첼시는 새로운 전술에 조금씩 적응하며 아스날을 공략하는 모습을 보여주었다. 특히 파브레가스의 활약이 눈에 띄었다.

—감독에게 무슨 말을 들었는지는 모르겠지만, 후반전의 파브레가스는 전혀 다른 경기력을 보여주고 있습니다.

—혼자서 아스날의 중원을 씹어 먹고 있어요!

결국 파브레가스의 패스를 받은 코스타가 골을 성공시켰다. 수비 사이를 날카롭게 찌르는 송곳 같은 어시스트였다.

1 : 0.

더 이상의 골은 나오지 않으며 경기가 끝났다.

파브레가스는 그 활약을 인정받으며 MOM에 선정되었다.

*   *   *

「[스카이스포츠] 빅 매치에서 존재감을 감춘 외질」

「[BBC] 첼시, 아스날을 무찌르다」

「[가디언] 원지석, 아스필리쿠에타는 사랑스러운 선수」

경기가 끝나고 원지석이 선보인 쓰리백은 화제가 되었다. 그 질문에 원지석은 아스필리쿠에타를 칭찬했다.

"아스피는 어느 포지션에서나 뛰어난 활약을 보여줍니다. 그런 선수가 뛰는 걸 보면 매우 사랑스러워요. 우리 팀에 그런 선수가 있어서 다행입니다."

"오늘 세스크 파브레가스가 아주 뛰어난 활약을 보였는데?"

"네. 그는 이번 경기의 베스트 플레이어였습니다. 뿐만 아니라 다른 선수들도 모두 잘 뛰어주었죠."

전체적으로 무난한 인터뷰였다.

그때 한 기자가 마이크를 잡았다. 경기가 시작하기 전에도 얼굴을 보였던 그 기자였다.

"승리를 축하드립니다, 원. 결국 1월의 모든 경기에서 승리를 했군요. 이전과는 너무 다른 모습에 놀라는 사람들이 많아요. 반전에 성공한 이유가 뭐라고 생각하십니까?"

"우리는 질 만큼 졌습니다. 이제 이겨야죠."

원지석의 눈은 단호했다.

이후에도 첼시의 상승세는 멈추지 않았다.

단 한 번도 지거나 비기지 않고 승리를 이어가니 언론들도 이 상황을 주목했다.

「[BBC] 아직까진 통한 걸로 보이는 로만의 도박」

「[스카이스포츠] EPL 1월의 감독상 후보에 오른 원」

원지석은 그 활약을 인정받아 1월의 감독상 후보에 이름을 올릴 수 있었다. 다른 감독들은 전승을 하지 못했기에 상을 받을 확률이 높은 상황이었다.

"출세했다!"

수석 코치인 스티브 홀랜드가 옆구리를 찌르며 말하자 원지석이 쓴웃음을 지었다.

"아직 상을 받은 것도 아닌데 뭘 그래요."

"점잔 빼기는. 지금쯤 상에 네 이름 쓰고 있겠다."

한편 첼시는 겨울 이적 시장에서 아무도 영입하지 못했다. 그 일에 스태프들이 혀를 찼지만 이미 각오한 바였다.

그럼에도 첼시의 상승세는 꺾이지 않았다.

다시 만난 왓포드와 뉴캐슬을 시원하게 대파하고, 맨유와의 경기에선 힘겨운 승리를 거두었다.

"드디어 챔스네요."

"그러게."

스티브 홀랜드가 조용히 고개를 끄덕였다.

곧 챔피언스리그 16강전이 시작된다.

상대는 PSG.

3시즌 간 계속해서 마주친, 질긴 악연의 팀이었다.

처음에는 8강에서 만났다. 그때는 역전 끝에 첼시가 4강으로 올라갔고, 지난 시즌에는 16강에서 첼시가 떨어졌다.

그때보다 더 약해진 지금.

그런 첼시를 상대하는 PSG의 사기는 하늘을 찌를 듯했다. 그들의 홈구장인 파르크 데 프랑스는 홈 팬들의 뜨거운 함성으로 후끈 달아오르고 있었다.

원지석은 라커 룸에 등을 기댄 채 자신의 선수들을 보고 있었다.

확실히 선수에게 있어 승리란 것은 무엇보다 확실한 치료약이었다. 절망에 빠져 있던 선수들의 눈이 지금은 저렇게 불타오르고 있지 않은가.

"지금 저쪽 라커 룸은 이미 샴페인을 터뜨리고 있을 겁니다. 어쩌면 SNS에 승리 인증샷을 찍고 있을지도 모르겠네요."

#허접들#또이김#하하

이런 해시태그를 달면서 말이다.

"무리도 아니죠. 상대 팀은 제대로 망해 버린, 퇴물들 집합소니까. 하지만!"

쿵!

원지석이 전술 보드를 주먹으로 한 번 후려쳤다.

PSG 진영에 붙어 있던 자석들이 후두둑 떨어져 땅바닥을 굴렀다.

"경기에 나서기 전엔 누구나 그럴듯한 계획을 세웁니다."

전술 보드를 반으로 쪼개 PSG 쪽을 쓰레기통에 처박은 그가 어깨를 으쓱였다.

"우리에게 박살 나기 전까지는 말이죠."

*　　　　*　　　　*

─최근 반등에 성공한 첼시지만, 오늘은 더욱 비장한 느낌입니다.

─리그와 챔스는 그만큼 다르니까요.

챔피언스리그.

별들의 무대이자 축구인들의 염원이 담긴 대회.

아무리 리그에서 좋은 성적을 거두어도 챔스에서 죽을 쑨

다면 그 평가가 박해지게 마련이다.

　─첼시에게 있어서, 자신들이 아직 죽지 않았다는 걸 알릴 수 있는 기회일 겁니다.

　그 말대로 오늘 첼시의 선수들은 이를 악물며 경기를 뛰고 있었다. 오히려 지난 시즌보다 더 좋은 경기력을 보여주자 해설진들이 감탄할 정도였다.

　─첼시의 쓰리백에 PSG가 고전하는 모습을 보입니다.
　─아자르의 움직임도 매우 좋습니다. 그는 크랙(Crack)이 무엇인지 상대 수비진에게 몸소 알려주고 있어요.

　크랙.
　상대의 수비진을 부수고, 경기의 흐름을 바꾸는 선수.
　사실상 프리롤인 아자르는 계속해서 PSG의 수비를 교란시켰다. 그럴수록 틈이 생겼고, 다른 첼시 선수들이 그 틈을 무자비하게 쑤셨다.

　─아, 찬스입니다!

아자르가 수비수 두 명을 끌고 나오자 그 사이를 코스타가 파고들었다.

이후 백패스를 받은 파브레가스가 날카롭게 스루패스를 넣으니 골키퍼와의 일대일 상황이 되었다.

최근 절정의 폼을 자랑하는 코스타에게는 차려진 밥상이나 다름없는 상황. 그는 각도를 좁히려는 골키퍼를 보며 씨익 웃었다. 이미 공은 골대 구석으로 빨려 들어가고 있었기 때문이다.

─골, 골골골! 첼시의 선취 골!
─아주 멋진 팀워크였습니다!

훌륭한 팀플레이가 만들어낸 골이었다.

지금 보여주는 팀플레이는 선수와 선수만의 이야기가 아니다.

감독과 선수가 서로를 믿고, 선수는 동료를 신뢰한다.

이제 원지석은 자신 있게 말할 수 있었다.

'이게 팀이다.'

6 ROUND
챔피언스리그 |

「[스카이스포츠] 1차전에서 승리를 거둔 첼시」

「[스카이스포츠] 로랑 블랑, 아직 2차전이 남았다」

  첼시는 코스타의 골로 원정에서 귀한 승리를 챙겼다. 하지
만 안심하기엔 이른 상황. PSG의 감독인 로랑 블랑의 말처럼
2차전이 남았기 때문이다.

「[더 선] 첼시 감독은 패셔니스타?」

또한 의외인 것이 화제가 되었는데, 원지석이 입고 있는 옷이 그랬다.

1월에 들며 원지석이 입은 옷이 꽤나 바뀌었다는 걸 많은 사람들이 눈치챈 것이다. SNS에서는 그가 입은 옷이 어떤 브랜드인지 묻는 사람들이 꽤 보일 정도였다.

하지만 사람들의 예상과는 다르게 원지석이 입은 옷들은 고급 브랜드와는 전혀 상관이 없었다. 길거리를 돌아다니며 본 옷 가게들에서 산, 저렴하다 할 수 있는 것이었다.

사실 이에 대한 건 캐서린의 공이 컸다.

캐서린은 원지석의 경기가 있는 날이면 직접 찾아와 코디를 해주었다. 그녀가 바쁜 사람이란 걸 알기에 원지석은 거절했지만, 돌아온 한마디로 인해 입을 다물었다.

"내 남자가 옷을 이상하게 입고 다니는 건 내가 참을 수 없어요."

결국 원지석은 억지로나마 캐서린을 개인 코디로 고용했다. 아직은 감독대행이라 유소년 감독 시절의 주급을 그대로 받기에 많은 액수를 주진 못해도 말이다.

이후 원지석의 옷은 전부 캐서린이 담당하게 되었다. 실력이 좋다는 말은 거짓이 아닌지 이렇게 기사로 뜰 정도라, 서로에게 나쁜 일은 아니었다.

「[오피셜] 첼시의 원, 1월의 감독상 수상」

좋은 일은 하나가 더 있었다.

1월을 전승으로 마무리한 원지석이 감독상을 받은 것이다.

"기쁩니다. 프로감독에 데뷔하고, 당시 팀의 상황을 고려하면 더욱 의미 있는 상이에요."

상을 들고 있는 원지석의 사진은 널리 퍼졌다. 첼시의 구단 홈페이지에서 잉글랜드로, 잉글랜드에서 한국으로 말이다.

「[스포츠코리아] '대한건아' 원지석, EPL 1월의 감독상 수상!」

「[풋볼닷컴] 첫 감독상을 받은 아시아인. 원지석은 어떤 사람인가?」

한국에서 원지석은 엄청난 화제를 일으키고 있었다. 유소년 감독일 때만 하더라도 알음알음 알려졌던 그 이름을 이제 모르는 사람이 없을 정도였다.

감독대행이긴 하더라도 첼시라는 거대 구단, 젊은 나이, 그리고 한국인이라는 점은 사람들의 많은 관심을 끌었다. 더군다나 부임 이후 매우 좋은 활약을 보였으니 더더욱 그랬다.

—매국노라고 쥐 잡듯 깔 때는 언제고 진짜ㅋㅋㅋ

—기레기들 부끄럽지도 않냐?

한편 이런 반응에 조소를 보이는 사람 또한 있었다. 지금 원지석을 찬양하는 기자들은 예전에 그가 했던 인터뷰를 확대 재생산 하면서 크게 욕을 먹인 전적이 있기 때문이다.

하지만 원지석은 이런 일에 신경 쓰지 않았다.

최근 터진 불명예스러운 일의 파장은 그만큼 컸다.

「[BBC] 첼시 팬들, PSG전이 끝나고 인종차별을 하다」

첼시 팬들이 파리의 지하철에서 한 흑인 남성을 상대로 인종차별을 한 것이다. 이 장면은 영상으로 찍혀 고스란히 퍼졌다.

원지석은 이 이슈에 대해 눈살을 찌푸리며 말했다.

"미친 짓입니다. 또한 역겨운 일입니다. 당장 이 팀의 레전드들 중 백인이 아니며 유럽 출신이 아닌 선수들도 많습니다. 더군다나 지금 감독 노릇을 하는 저도 동양인이군요."

이 일에 대해 첼시 구단 측에서는 즉각 대응에 나섰다. 벌써 주모자로 뽑힌 다섯 명의 처벌을 논의 중이었다.

"구단의 대처는 매우 만족스럽습니다. 이번 일은 매우 심각한 상황이며, 다시는 이런 일이 없도록 노력할 겁니다."

수치스러운 이슈를 뒤로하며 첼시의 시즌은 계속 진행되었다.

첼시는 이어진 PSG와의 2차전에서 무승부를 기록하며 결국 8강에 진출했다. 지난 시즌의 탈락을 되갚아준 것이다.

다음 상대는 누가 될 것인가.

챔스는 4강까지 추첨을 통해 대진표를 짠다. 덕분에 8강 추첨을 할 때 상대적으로 쉬운 팀을 만나고 싶어 하는 것은 모든 팬들의 바람이었다.

「[오피셜] 첼시 VS AT 마드리드, 빅 매치 성사」

대진표를 확인한 팬들은 비명을 질렀을 테지만.

원지석 역시 상대를 확인하곤 쓴웃음을 지었다.

상대는 바르셀로나와 레알 마드리드만의 리그라던 라리가에서 급부상한 AT 마드리드였다. 더욱이 돌풍에서 멈추지 않고 삼강 체재를 유지시킨 것은 시메오네 감독의 공이 컸다.

특히 AT 마드리드 특유의 압박 전술은 토너먼트에서 그 진가를 발휘한다.

"어렵네."

그동안 첼시는 AT 마드리드에게 유독 약한 모습을 보였다.

챔피언스리그 우승을 한 뒤 만난 12/13 슈퍼 컵에선 팔카오에게 떡실신을 당하며 무너졌고, 13/14 시즌에는 4강에서 만났지만 접전 끝에 패배했다.

"징크스가 되어선 안 돼."

한 상황이 계속 이어지면 그게 징크스란 이름의 미신으로 떠돌게 된다. 이는 팬들이나 선수들의 멘탈에도 영향을 줄 수 있었다. 그래서 부정적인 징크스는 생기지 않는 게 좋았다.

「[BBC] 곧 다가올 보스들의 대결」

이런 빅 매치를 앞두고 원지석과 시메오네를 비교하는 기사가 올라오기도 했다.

최근 쓰리백을 쓰는 원지석과 두 줄 압박을 하는 시메오네의 전술을 비교하는 내용이었다.

굳이 기사 제목을 보스라고 한 이유는, 두 감독 특유의 개성 때문이었다.

원지석의 나이가 파격적인 것이지 시메오네 또한 감독으로서 젊다고 할 수 있는 나이였다. 그런 둘은 각자 자신의 방법으로 라커 룸을 휘어잡았다.

시메오네가 강력한 카리스마로 팀을 장악했다면, 원지석은 허물없이 선수들에게 다가갔다. 스승인 무리뉴의 영향을 받은 점이기도 했다.

때로는 친구처럼 친근하고, 때로는 미친개처럼 물어뜯는다.

이에 대한 것은 예전 첼시TV에서 다룬 인터뷰 영상으로 확인할 수 있었다.

—원이요? 사람의 심리를 자극하는 데 도가 텄더군요. 특히 코스타를 조련할 때는 칼날 위에 서 있는 것처럼 아슬아슬해요.

중앙수비수 개리 케이힐의 인터뷰였다.

—솔직히 말하면 짜증 나요. 아, 이거 찍고 있는 건가요? 다시 찍죠.

카메라를 확인한 아자르가 당황하며 손을 내저었다. 물론 이런 걸 포기할 기자들이 아니다. 영상 속 아자르는 다시 촬영을 한다고 믿었는지 헛기침으로 목을 가다듬었다.

—열정적인 감독이죠. 전술적으로도 뛰어나요.

다음은 킴과 앤디였다.

앤디는 이런 인터뷰가 익숙하지 않아 눈이 우왕좌왕 흔들리고 있었다. 그 옆의 킴은 무심한 얼굴로 한마디를 뱉었다.

—돌아이.

*   *   *

마침내 챔피언스리그 8강전이 다가왔다.

첫 경기는 첼시의 홈인 스탬포드 브릿지였다.

AT 마드리드의 선발 라인업 중에서 눈에 띄는 선수를 꼽는 다면 페르난도 토레스가 있었다.

한때는 뛰어난 골감각으로 이름을 날린 선수. 그러나 첼시에 와서는 극심한 부진을 겪은 선수.

이제는 자신의 친정 팀인 AT 마드리드에 자리를 잡고 이렇게 상대 선수로 첼시를 찾아온 것이다.

경기가 시작되기 전, 터널에서 대기 중인 선수들의 분위기는 좋은 편이었다. 그만큼 양 팀 간에 인연이 있는 선수가 많았다.

AT 마드리드에서 이적을 하거나, 임대를 다녀오거나. 혹은 첼시 출신의 선수가 AT 마드리드로 가거나.

잠시 후엔 죽일 듯이 노려보겠지만 말이다.

삐익!

경기가 시작되었다. 첼시는 이번에도 쓰리백을 들고 나왔으며, 최전방에 코스타를 두고 양옆에는 아자르와 윌리안을 둔 쓰리톱을 가동했다.

중앙에는 앤디와 마티치가 섰다. 압박이 뛰어난 AT 마드리드를 상대로 압박에 취약한 파브레가스는 쓸 수 없는 카드였다.

전체적으로 빡빡하단 느낌이 드는 경기였다.

양 팀의 수비 라인은 단단했으며 겨우 뚫으면 최고의 골키퍼들이 골문을 지키고 있었다.

―아, 또 막아냅니다! 오늘 양 팀 골키퍼들이 엄청난 선방을 보여주고 있습니다!

공을 잡은 티보 쿠르트아가 포효했다.

팀이 추락하던 전반기, 이적에 관련된 인터뷰를 많이 했던 쿠르트아는 팬들에게 미운털이 단단히 박히고 말았다.

그럼에도 그가 계속 넘버 원 골키퍼 자리를 지킨 이유. 그것은 그만한 실력이 있기 때문이다. 오늘도 그는 신들린 선방을 하며 자신의 가치를 입증했다.

경기는 후반전이 되어도 골이 터지지 않았다.

중간에 토레스가 교체 아웃 되며 나갈 때는 첼시 팬들이 박수를 쳐주었다. 부진한 활약 때문에 많은 욕을 먹었지만, 헌신적인 모습을 보여준 선수에게 기꺼이 보낸 박수였다.

결국 경기는 0 : 0으로 끝났다.

이후 믹스트 존에 모습을 보인 원지석의 얼굴은 약간 화가 난 듯했다.

"이후 2차전은 원정인 만큼 힘든 경기가 예상됩니다. 이번 무승부가 특히 아쉬울 텐데요?"

기자의 물음에 원지석이 고개를 끄덕였다.

"어려운 상황이지만 이걸 이용해야죠. 우리가 한 골이라도 넣으면 저쪽에선 두 골을 넣어야 합니다."

원지석은 원정골을 언급했다.

챔피언스리그 토너먼트에서는 스코어가 같을 경우 원정팀이 넣은 골을 우선시한다. 이번 첼시의 홈에서는 골이 터지지 않았으니 그만큼 공격적으로 나간다는 말이기도 했다.

이에 대한 말에 디에고 시메오네는 이렇게 답했다.

"우리는 두 골을 넣고, 한 골도 내주지 않을 겁니다."

그렇게 말하며 시메오네는 씨익 웃었다.

팬들이 흔히 말하는 마피아 같은 미소로.

일주일이 지나고 다시 찾아온 챔피언스리그.

AT 마드리드의 홈인 비센테 칼데론은 팬들의 열기로 후끈 달아오른 상태였다.

이번에는 선수들 간에 이렇다 할 대화가 오가지 않았다. 그만큼 중요한 경기이기 때문에 정신을 다잡는 중이었다.

"잘 부탁하네."

"잘 부탁해요."

시메오네와 악수를 나눈 원지석이 벤치에 앉았다. 곧 경기가 시작되었다.

선발 라인업은 크게 다르지 않았다. 첼시의 공격진에 윌리안이 아닌 페드로가 나온 게 눈에 띄는 점이라 할 수 있었다.

윌리안이 뛰어난 체력과 볼 운반 능력이 뛰어나다면, 페드로는 날카로운 한 방이 있는 선수였다. AT 마드리드의 수비가 두터운 만큼 한 방을 노리는 슈터가 필요한 셈이었다.

중요한 경기이다 보니 경기 내용은 거칠게 흘러갔다. 특히 에이스인 아자르가 집중적인 플레이의 타깃이 되었다.

삐익!

파울을 당한 아자르가 잔디 위에 쓰러지며 고통을 호소했다. 심판이 휘슬을 불었지만 카드가 나오지 않자 흥분한 원지석이 부심에게 달려들었다.

"아니, 지금 장난합니까? 노 카드? 내가 당신 저렇게 밀어버려도 그냥 넘어갈래요?"

"아니, 이게 왜 파울이야? 미쳤어?!"

디에고 시메오네 또한 파울이 아니라며 부심에게 항의를

했다. 파울을 범한 장소가 페널티에어리어 근처였기 때문이다.

"시발, 뭐라는 거야! 이게 지금 액션영화인 줄 압니까?"

"이게 액션영화면 너넨 할리우드야."

"할리우드처럼 펑펑 터질 수는 있겠죠."

결국 감독 간의 충돌이 일어나고 말았다.

둘은 부심을 뒤로하고 서로 몸을 부딪치며 으르렁거렸는데, 공교롭게도 두 명 모두 검은색 정장을 입었기에 느와르의 한 장면을 보는 것 같았다.

─아자르의 파울을 두고 감독 간의 설전이 생겼군요. 까딱하면 주먹이 날아갈 거 같은 분위기입니다!

─둘의 인상이 워낙 사납다 보니 부심마저 당황하고 있습니다.

삐이이익!

"당장 떨어져!"

보다 못한 주심이 휘슬을 불며 둘을 떨어뜨렸다. 그리고 한 번만 더 그러면 둘 다 퇴장이라는 구두 경고는 덤이었다.

"시발, 그걸 지금 숫이라고 찹니까? 친정 팀 예우도 작작하라고, 인마!"

홈런을 날린 코스타를 향해 원지석이 버럭 소리를 질렀다. 그 말에 코스타가 인상을 찌푸렸지만 고개를 끄덕이며 자신의 자리로 돌아갔다.

그러다가 골이 터졌다.

첼시가 아닌 AT 마드리드에서 넣은 골이.

원지석은 이를 갈며 경기를 주시했다. 애석하게도 자신이 한 방 맞은 것을 인정해야 했다.

결국 분위기를 반전시키기 위해 꺼내 든 카드는 윌리안이었다. 하미레스를 빼고 윌리안이 들어갔지만, 윙백의 역할은 페드로였다.

그게 주효했다.

적진의 측면을 깊숙이 파고 들어간 윌리안이, 달려가는 페드로에게 스루패스로 공을 넘겼다.

쾅!

골대까지는 꽤나 거리가 있었지만 페드로는 그대로 슛을 했다. 강한 힘이 실린 공은 큰 궤적을 그리며 휘었다.

철썩!

골키퍼 오블락의 손을 한 끗 차이로 피한 공이 골 망을 출렁였다.

와아아아!

원정석에 있는 팬들의 환호 소리가 울려 퍼졌다. 페드로가 그런 팬들에게 달려가 골 셀레브레이션을 하자 환호는 더욱 커졌다.

"됐어!"

원지석이 박수를 치며 선수들을 격려했다.

남은 시간이 얼마 남지 않았다. 이대로 버티기만 하면 첼시의 승리였다.

이제 불리한 상황이 된 AT 마드리드가 첼시의 골문을 뚫기 위해 무거웠던 엉덩이를 들었다. 방금과는 반대의 상황이 된 셈이다.

하지만 쿠르트아는 이제 더 이상의 골은 줄 수 없다는 듯 신들린 선방을 보여주었다.

삐익!

주심의 휘슬 소리와 함께 경기가 끝났다.

1 : 1.

원정골을 넣은 첼시의 힘겨운 승리였다.

*　　　　　*　　　　　*

「[카데나 세르] 시메오네, 첼시가 더 좋은 팀이었다」

「[EITB] 원지석, AT 마드리드는 매우 뛰어난 팀」

경기가 끝나고 갖게 된 기자회견은 의외로 훈훈한 분위기 속에서 진행되었다. 그 상황에 고개를 갸웃거린 것은 기자들이었다.

"경기 중 서로 충돌하지 않았나요?"

"우리가? 아니. 이런 건 그냥 경기를 하다 보면 나올 수 있는 상황입니다. 뒤끝은 없어요."

시메오네는 어깨를 으쓱이며 답했다.

다른 곳에서 기자회견을 하던 원지석 또한 비슷한 답변을 했다.

"경기장의 일은 경기장 안에서 끝나야 합니다. 시메오네는 매우 젠틀한 남자이고, 다음에 만나면 다시 웃으면서 악수를 할 수 있어요."

하지만 이렇게 나간 기사의 사진은 정작 원지석과 시메오네가 서로 으르렁거리던 모습이 찍혀 있었다.

─둘이 대부 찍냐?

─원, 혹시 살해 협박을 받고 있다면 안경을 고쳐 쓰세요.

─솔직히 원도 화낼 때 엄청 무섭더만.

작은 이슈와 함께 첼시는 챔피언스리그 4강에 진출했다.

이후 첼시는 비길 때도 있지만, 무섭게 승점을 쌓아가며 계속해서 순위를 올렸다. 그러다 보니 점점 수면 위에 오르려는 이야기가 생겼다.

「[타임즈] 훌륭한 대행 원지석, 이대로 정식 감독으로?」

불가능한 이야기는 아니었다.

임시로 감독을 맡은 사람들이 좋은 성적을 보여줄 경우 계약을 연장하는 것은 흔히 있는 일이었다.

당장 첼시만 하더라도 비야스보야스가 성적 부진을 이유로 경질을 당했을 때, 감독대행이던 디 마테오가 챔스와 FA컵을 우승하며 정식 감독이 된 적이 있지 않은가.

하지만 그 계약기간을 채운 경우 또한 드물었다.

디 마테오 역시 다음 시즌 성적 부진을 이유로 경질을 당했으니까.

「[텔레그래프] 원지석, 아직 시즌은 끝나지 않았다」

원지석은 그에 대한 답변을 피했다.

그 말대로 시즌이 다 끝난 뒤 말해도 늦지 않았다.

확실한 것은, 더 이상 유소년 감독으로 되돌아가지 않는다는 거였다.

그러는 사이 챔피언스리그 4강전의 대진을 정하는 추첨이
시작되었다.

남아 있는 팀은 맨 시티, 첼시, 그리고 바이에른 뮌헨과 레
알 마드리드였다.

맨 시티 같은 경우는 구단 역사상 처음으로 4강에 진출하
며 그 이상을 바라보고 있는 상황이었다. 뮌헨과 레알은 전통
적인 강호로 세계 최고라 불리는 팀들이었고.

어느 팀 하나 쉽게 볼 수 없는 상황이었다.

하지만 4강 상대를 확인한 팬들의 입에선 또다시 한숨이
나왔다.

「[오피셜] 첼시 VS 바이에른 뮌헨, 4강에서 격돌」

"어렵네요."

원지석의 말에 스티브 홀랜드가 고개를 끄덕였다.

바르셀로나를 떠나 뮌헨의 감독이 된 펩 과르디올라는 팀
을 다른 방향으로 재구성시켰다.

패스를 통한 점유율 축구. 기존과는 다른 방식에 거부감을
나타내는 팬들도 있었지만, 여전히 최고 레벨에서 내려오지
않는 팀이었다.

"어차피 우승할 생각이면 다 이겨야죠."

뮌헨의 경기를 보는 원지석의 눈이 차갑게 가라앉았다. 약점이 없는 팀은 없다. 그 틈을 찾아야 한다.

"이건 어떻게 생각하나."

묘한 얼굴의 스티브 홀랜드가 자신이 보고 있던 태블릿 패드를 건넸다.

어리둥절하면서도 태블릿을 받은 원지석의 눈이 크게 떠지기까진 그리 오래 걸리지 않았다.

「[더 선] 원지석과 펩의 악연?」

그들이 올린 기사에는 08/09 시즌의 사진이 찍혀 있었다. 챔피언스리그 4강, 당시 바르셀로나의 감독이었던 과르디올라와 리저브 팀의 코치였던 원지석이 말이다.

그 전까지는 이슈가 되지 않았지만, 원지석이 감독이 되어 다시 마주친 상황이다 보니 이렇게 관심을 끈 모양이었다.

사진 속 원지석은 삿대질을 하며 욕을 하고 있었다. 당황한 과르디올라의 얼굴도 웃음 포인트였다.

낄낄거리던 홀랜드가 소파에 털썩 앉으며 말했다.

"사람 죽일 거 같다."

"안 죽여요. 어차피 과르디올라는 그때 일을 까맣게 잊고 있을 텐데."

한숨을 쉰 원지석이 태블릿 패드를 덮었다.

하지만 원지석의 바람과는 달리 과르디올라가 이 일을 언급하며 더 큰 화제가 되었다.

—그 일이요? 기억해요. 솔직히 말해 무서웠습니다.

말을 한 과르디올라가 씨익 웃었다.

—뭐, 그런 걸 차치하더라도 흥미로운 상대죠. 최근 첼시는 매우 좋은 실력을 보여주고 있으니 힘든 경기가 될 테지만, 기대되네요.

처음에 한 말은 농담으로 한 거겠지만, 기사를 확인한 원지석은 손으로 눈을 덮었다.

「[더 선] 당시 목숨의 위협을 느낀 과르디올라」

금방 지나갈 거라 생각했던 이슈는 생각보다 오래갈 모양이었다.

*　　　　*　　　　*

챔피언스리그 4강을 앞둔 경기.

빅 매치를 앞뒀음에도 첼시는 로테이션을 돌리지 못했다.

그 이유는 상대가 토트넘이었기 때문이다.

단순히 지역 라이벌이라서? 맞는 말이긴 했지만 그것만은 아니다.

이번 시즌 돌풍을 일으킨 레스터 시티는 기어코 우승 트로피에 가장 근접한 팀이 되었다. 그러나 그 뒤를 바짝 쫓는 팀이 있었는데, 그게 바로 토트넘이었다.

'어차피 우리 우승은 사실상 불가능하지만, 토트넘이 우승할 바엔 레스터가 하는 게 낫습니다.'

이런 자극적인 인터뷰를 할 정도로 첼시의 분위기는 고조된 상태였다.

만약 이번 경기에서 첼시가 토트넘을 이긴다면 얻을 수 있는 것은 두 가지였다.

하나는 토트넘의 우승을 저지한다는 것.

비기기만 하더라도 레스터의 우승이 확정되기 때문이다.

그리고 자력으로 챔피언스리그에 진출할 수 있다는 것.

원지석은 비길지언정 패하지 않았다. 그랬기에 어느덧 챔피언스리그를 바라보는 곳까지 올라오게 되었다.

토트넘으로서도 절대 질 수 없는 상황이었다. 우승을 위해서라도, 첼시의 제물이 되기 싫어서라도.

그런 만큼 경기는 매우 격하게 흘러가고 있었다.

정확히는 토트넘의 태클이 말이다.

"아악!"

높은 비명과 함께 아자르의 몸이 높게 떠올랐다 잔디 위를 뒹굴었다. 파울을 저지른 델레 알리는 침을 뱉으며 몸을 돌렸다.

"씨발, 지금 장난해? 까딱 잘못했으면 다리가 부러졌다고!"

원지석이 매우 격앙된 모습으로 심판에게 항의했다. 단순한 어필이 아니라 정말로 위험한 태클이 들어갔기 때문이다. 개 태클이라고 해도 할 말이 없는 수준으로.

하지만 주심인 클라텐버그는 단호하게 그 항의를 무시했다.

결국 경기는 걷잡을 수 없는 수준까지 이르렀다. 하지만 단 하나의 퇴장도 나오지 않는 상황에 원지석은 박수를 쳤다.

삐익!

"한 번만 더 그러면 퇴장이야."

클라텐버그가 경고를 한 사람은 다름 아닌 원지석이었다. 그의 박수가 심판에 대한 조롱으로 간주된 모양이었다.

우우우우!

첼시의 홈 팬들이 그런 주심에게 격한 야유를 보냈다. 다이렉트 레드가 나올 장면이 있었음에도 레드카드는 나오지 않았다.

"이게 축구야, 격투기야."

그 말이 하나 틀리지 않을 정도였다.

경기는 점입가경이었다. 토트넘의 선수들은 9장의 옐로카드를 받았지만 레드카드는 단 하나도 나오지 않았다.

이후 뎀벨레가 코스타의 눈을 찌르거나, 라멜라가 파브레가스의 손을 밟는 모습이 카메라를 통해 중계되었지만, 주심은 알지 못하는 모양이었다.

"지금 시발, 이걸 판정이라고 하는 거냐? 어?!"

원지석 대신 항의를 한 스티브 홀랜드가 결국 퇴장을 당하며 자리를 떠났다.

"이 경기 지면 다 죽을 각오해!"

결국 열이 오를 대로 오른 원지석이 경기 내내 소리를 지르며 선수들의 정신을 각성시켰다. 오늘 까딱하면 다리가 부러질 뻔한 아자르도 이를 악물며 토트넘의 수비를 공략했다.

─아자르! 결국 동점골을 뽑아냅니다!
─수비진을 종횡무진 누비던 그가 결국 골을 만들어내는군요!

아자르는 홈 팬들 앞에서 셀레브레이션을 하며 팬들의 환호를 이끌었다. 뿐만 아니라 원지석도 팬들을 향해 크게 몸짓하며 더 많은 응원을 촉구했다.

와아아아!

첼시! 첼시! 첼시!

홈 팬들도 열정적인 감독과 선수들에게 소리를 질렀다.

"아직! 한 골 더!"

탄력을 받은 첼시 선수들이 계속해서 토트넘을 압박했다. 특히 아자르의 활약은 독보적이었다. 그는 상대 진영을 초토화시키며 최고의 폼을 보여주고 있었다.

퍽!

결국 라멜라의 거친 파울에 아자르가 비명을 지르며 쓰러졌다. 이번에도 퇴장은 나오지 않았다.

"진짜 너무하네."

그 여린 심성의 앤디마저 심판을 노려볼 정도였다. 그만큼 오늘 앤디도 거친 파울을 많이 당했기 때문이다.

"제가 찰게요."

앤디의 말에 다른 키커들이 고개를 끄덕였다.

런던의 빌헬름 텔.

이제는 앤디의 별명으로 자리 잡았을 정도로 소년의 프리킥은 날카롭고, 정확했다.

앤디가 눈을 감았다.

공 위에 올렸던 발이 뒷걸음질을 치자 홈 팬들은 말없이 그 모습을 지켜보았다.

삐익!

휘슬 소리와 함께 앤디가 달려 나가기 시작했다. 토트넘의 골키퍼인 요리스도 침을 꿀꺽 삼키며 몸을 긴장시켰다.

저 소년의 프리킥이 짜증 나는 점은 공이 어디로 휠지 모른 다는 거였다. 이번 시즌 성공시킨 프리킥 골들을 봐도 중앙, 구석을 가리지 않았다. 골키퍼 입장에서는 가장 피하고 싶은 상대였다.

앤디가 공을 찼다.

동시에 토트넘의 수비진들도 점프를 했다.

'어디지? 어디야!'

요리스의 눈이 재빠르게 허공을 훑었다. 하지만 이상했다. 공이 보이지 않은 것이다.

'뭐지? 그냥 날린 건가?'

그런 생각을 할 때였다. 그제야 요리스는 낮게 깔아진 공을 발견했다.

공은 높게 뜨지 않았다. 대신 점프를 한 수비수 발밑을 지 나며 빠르게 골대 구석을 향했다.

"이런!"

반응하기엔 이미 늦은 상황.

공은 이미 부드럽게 휘며 골 망을 흔들었다.

와아아아!

경기 후반에 터진 극적인 골인 만큼 폭발적인 반응이었다. 앤디는 웃으며 벤치를 향해 뛰어갔다. 환하게 웃고 있는 원지석이 보였다.

"감독님!"

앤디가 높게 뛰어올라 원지석에게 안겼다.

원지석은 그런 앤디의 등을 두드려 주었다.

"고생 많았다."

겁쟁이 소년에겐 아주 힘든 경기였을 것이다. 그만큼 치열하고, 폭력적인 경기였다.

"보이냐? 네 골 덕에 환호하는 팬들이."

원지석의 등 너머로 뜨거운 열기를 내뿜는 홈 팬들이 보였다. 그는 앤디의 등을 두드리며 말했다.

"팬 서비스로 손이나 좀 흔들어 줘."

그 말대로 앤디가 손을 흔들었다.

팬들 역시 함성으로 그 손짓에 열렬한 호응을 해주었다.

"히익."

깜짝 놀란 앤디가 서둘러 자신의 자리를 향해 뛰어갔다. 그 풋풋한 뒷모습에 원지석이 킬킬거리며 웃음을 터뜨렸다.

2 : 1.

결국 앤디의 결승골로 첼시가 승리할 수 있었다.

하지만 경기가 끝났음에도 격앙된 분위기는 진정되지 않았다.

결국 선수 간에 충돌이 일어나고 말았다.

첼시와 토트넘의 선수들이 서로를 밀치며 싸움이 붙은 것이다.

"이 새끼들이!"

오늘 스터드로 허벅지를 찍힌 킴이 가장 화가 난 모습을 보였다. 피가 흘렀던 다리는 현재 붕대로 감싼 상황이었다.

"그만!"

원지석이 소리를 지르자 선수들이 움찔하며 싸움을 멈추었다. 하지만 그러지 않는 선수 또한 있었다.

델레 알리였다.

잉글랜드의 차세대 스타라는 유망주였지만, 그 멘탈 덕에 구설수에 오른 적이 많은 선수. 그가 원지석에게 비아냥거린 것이다.

"뭐 불만 있어, 병신아?"

"헉."

그 말에 얼어버린 것은 잔뜩 화가 났던 킴이었다.

슬쩍 옆을 보니 역시나.

원지석의 눈썹이 꿈틀거렸다.

"난 모르겠다."

결국 킴은 델레 알리의 옆에서 벗어났다. 괜히 불똥을 맞긴 싫었다. 그것은 다른 첼시 선수들 역시 마찬가지였다.

"뭐야?"

델레 알리의 궁금증은 오래가지 않았다.

지옥에서 막 올라온 사냥개처럼.

원지석이 살기를 풀풀 날리며 그의 앞에 섰기 때문이다.

"야."

낮게 깔린 말에 델레 알리는 소름이 돋았다.

그리고 숨이 턱 막혔다. 정신적인 문제가 아니라 물리적인 문제였다. 멱살이 잡혔으니 당연했다.

'무슨 힘이.'

그 손을 거칠게 뿌리치려 했지만 원지석의 손은 꿈짝도 하지 않았다. 욕을 내뱉으려 고개를 든 알리의 얼굴이 멈칫하고 굳었다.

'무슨 사람 눈이.'

자신을 내려다보는 눈을 보는 순간 소름이 돋았다. 가끔 다큐멘터리에서나 보던 맹수의 눈을 떠올리게 하다니, 저절로 침이 삼켜졌다.

하지만 상황을 깨닫기엔 너무 늦어버린 뒤였다.

"죽을래?"

원지석이 이를 드러내며 웃었다.

멀리서 지켜보던 킴이 딸꾹질을 해버린 그런 웃음이었다.

『스페셜 원: 가장 특별한 감독』 2권에 계속…